「ねえ……して？」
三角の距離は限りないゼロ 5
Bizarre Love Triangle
岬 鷺宮
Misaki Saginomiya
illustration◊Hiten
design◊Toru Suzuki

「今なら――踏み出せると思うんだ」

「いい質問ですねえ……」

「イエイイエーイ！」

「……今日もう――秋玻とちゅーした……？」

「将来なりたいものとか、今後の進路とか」

「……う。うぁ……」

「あの子もやらしーねー……」

「……まあ、あなたが矢野くん」

「早く綺麗にして……？」

「モラトリアムしたくてしょうがないよー！」

「……どんなことがあるんだろうな」

「こんなわたしたちを、好きになってくれてありがとう」

「……キスして」

「本当に、ただの副人格なのかな？」

「誠実じゃないって例えば？」

「……プロポーズは、どんな言葉でしたか⁉」

「全面的にボツってことかい？」

「それは……本気の話かな？」

「今の××ちゃんは、あの頃と比べて――」

「同じだけ、大事にしてくれてありがとう」

三角の距離は限りないゼロ 5

Bizarre Love Triangle

岬 鷺宮

Misaki Saginomiya

illustration◊Hiten

design◊Toru Suzuki

プロローグ
Prologue

【You Need Me♡】

Bizarre Love Triangle

三角の距離は限りないゼロ

——窓の外を、見知らぬ街の夜が流れていく。

暗がりに光を投げかけるチェーン店の看板。

幹線道路を走るトラックのライト。

遠くに見えるマンションの、誰かの部屋から漏れる灯《あか》り——。

きっと、今後僕の人生に関わることのない無数の光たち。

永久に触れることのできない、誰かのありふれた営み。

なぜだかそこから目が離せなくて——軌跡が網膜に焼き付くのを感じながら、僕は延々と光を見送り続けていた。


——修学旅行最終日。東京へ戻る新幹線。

周囲から聞こえていた同級生たちの声は、いつの間にかずいぶん小さくまばらになっていた。

代わりに聞こえてくる、規則的な呼吸音。

ようやく窓から目を離し辺りを見回すと……修司《しゅうじ》は腕を組み、細野《ほその》は柊《ひいらぎ》さんとよりそい、須藤《すどう》はぽかんと口を開けたまま目を閉じていた。みんな疲れて眠ってしまったらしい。

起きているのは……隣で旅行のパンフレットを読み返している、秋玻《あきは》一人だけみたいだ。

まあ……この三日間は慣れない街で歩きっぱなしだったんだ。それも当然か……。

彼らの寝顔をほほえましく眺めながら……今なら、と思う。

みんな寝てしまった今なら、秋玻《あきは》に聞けるかもしれない。

隣の席に座る彼女に、「あの話」を――。

「……あのさ」

久しぶりに出した声は、ずいぶんかすれていた。

一度咳払《せきばら》いをしてから――改めて、僕は尋ねる。

「入れ替わり時間が短くならないって……このままでいられるかもしれないって、どういうことなんだ？」

――二重人格の、秋玻《あきは》と春珂《はるか》。

二人は一定の時間を置いて入れ替わる。

その時間は不定で、日を追うごとに短くなっていて、それがゼロになったそのときに――二重人格は終わる。副人格である春珂《はるか》は、消えてしまうと言われていた。

なのに――、

『――わたしたち、ずっとこのままでいられるかも！』

修学旅行の終わり。夕暮れの生駒山上遊園地《いこまさんじょうゆうえんち》で、春珂《はるか》は僕にそう言った。

二ヶ月ほど前――文化祭の終わった頃から、入れ替わり時間が固定されたらしいのだ。

それはつまり、『終わり』までのカウントダウンが止まったということで、もしかしたら、ずっとこうしていられるかもしれないということで……。

それがどういうことなのか。どうしてそんなことが起きたのか、知りたかった。

「……わたしたちも色々調べたし、ずいぶんと考えたわ」

秋玻《あきは》がこちらを向き、静かな声で言う。

「お医者さんに聴いたり、本を読んだり、ノートで話し合ったり……。それでね、思ったの。もしかしたら……わたしと春珂《はるか》が『同じだけ、自分を肯定できているから』こうなったのかなって」

「同じだけ、肯定できてる？」

「うん」

うなずくと、秋玻《あきは》は眉を寄せ、

「その……前に、一度春珂《はるか》が消えそうになったでしょう？　わたしが勘違いして、やきもち焼いて……春珂《はるか》がいなくなれば、なんて思っちゃった。春珂《はるか》も、自分をずいぶんと責めた。そしたら、あの子の存在が薄らいで、ほとんど表に出なくなった……」

春頃のことだ。

出会ってすぐだったあの頃、些細《ささい》なすれ違いをきっかけにして、二人はそんな危機に直面した。

幸いなことにギリギリで誤解は解け、春珂《はるか》は消えないで済んだけれど、二人の気持ちが存在自体を左右することに、僕は大きく動揺した。

そしてその前提は、今も変わらないんだろう。

「だから——お互いをどれだけ受け入れられるか。自分はいてもいいと思えるかのバランスだと思うの」

秋玻《あきは》は視線を落とし、そう続ける。

「存在を肯定できれば、わたしたちは安定する。わたしと春珂《はるか》、二人の存在が同じようにはっきりする……」

「……なんで、そんな風になったんだ？　どうして二人が自分を肯定し合えるようになったんだろう」

「それはね……」

言って——秋玻《あきは》は僕を見る。

そして、切なげに目を細めると、

「矢野《やの》くんが——わたしと春珂《はるか》、どっちにも惹《ひ》かれてくれてるのが、はっきりわかるからかな」

——その言葉に、息が詰まった。

申し訳なさと罪悪感に、声も出せなくなる。

彼女の言うとおり——今僕は、自分の気持ちがわからない。

一つの身体《からだ》の中にある二つの人格、秋玻《あきは》、春珂《はるか》。

そのどちらに惹《ひ》かれているのか、自分自身わからないのだ——。

けれど——そのことが皮肉にも、二人に同じだけの自己肯定感を与えていた。

……僕はどう受け取るべきなんだろう。

僕の弱さが、身勝手さが、二人をこうして安定させたことを……喜ぶべきなのか、恥じるべきなのか。誇りに思うべきなのか、謝るべきなのか。

「あはは……」

——秋玻《あきは》は慈《いつく》しむように笑い、僕の手を握った。

暖かくて柔らかい感触に、気持ちが少しだけ緩む。

「そんな顔しないでよ……そのことはもう、わたしも春珂《はるか》も受け入れてるから。むしろ……こうなって、ラッキーだとも思ってるんだよ？　ずっと、いつかは終わるんだとばかり思ってたし……」

と、彼女は何かに気付いた表情になり、

「……ああ。ここで入れ替わりみたい……。あとのことは、春珂《はるか》に聞いてみて？」

「……わかった」

秋玻《あきは》が顔を背けて小さくうつむき——春珂《はるか》に入れ替わってこちらに向き直る。

それまでの彼女よりもちょっと幼い印象の目が眠たげに車内を見回し、窓の外をしばし見つめ……こちらを向くと、柔らかく細められる。

「……まだ、東京ついてないんだね」

春珂《はるか》は、寝言みたいな口調でそう言った。

そして――繋《つな》がった僕らの手に気付くと口元を緩め、

「この感じだと……秋玻《あきは》に色々、話は聞いた？」

「ああ、そうだな……」

「そっか……。あのね」

視線を窓の外に戻すと、春珂《はるか》は言葉を続ける。

僕は彼女の手を握ったまま、その横顔を見つめた。

「入れ替わりが安定して、初めて秋玻《あきは》と話したんだ。この二重人格には、どんな意味があるんだろうって。秋玻《あきは》にとって、わたしにとって、これはどういうことなんだろうって」

――二重人格に、どんな意味があるのか。

確かに――きっとそこには意味があるはずだ。

そうならなくてはならなかった意味が。そして、秋玻《あきは》の中に生まれたのが、他でもない春珂《はるか》であった理由が。

「そういうの、これまではずっと考えられなかったからね……」

遅刻したときみたいな苦笑いをして、春珂《はるか》は言う。

「やっぱり怖かったから。これからわたし、どうなるんだろうって。もしかしたら、思っているよりずっと残酷な現実が待ってるんじゃないかって。でも……」

春珂《はるか》がこちらを向く。

その目には、秋玻《あきは》と同じ数億光年の暗がりと、無数の星のきらめく銀河が渦巻いている——。

「今なら——踏み出せると思うんだ。『わたしたち』が『わたしたち』である本当の意味を、探せる気がするんだ。だから、ちゃんと考えてみようと思ってるの。今後のこととか、わたしたち自身のこととか……見ないようにしてきた、過去のこととかも」

「……そっか」

その覚悟をしっかりと受け止めて、僕はうなずく。

「うん、わかった。何かあったら、遠慮なく言ってほしい。できることがあれば、何でもするから」

きっとそれは——二人にとって本当に重大なことなのだろう。

心穏やかでいられない場面も、苦しい場面も辛《つら》い場面もあるだろう。

僕はそれに、立ち会いたいと思う。できることなら、そんな二人を支えたいと思う。

「……うふふー、ありがとう」

——そこでようやく、春珂《はるか》の顔が彼女らしく緩んだ。

緊張が解けて頬が柔らかい光を帯びる。

「矢野《やの》くんならそう言ってくれると思ってたよ。うれしい」

「こっちこそ、信頼してくれてありがとう……」

二ヶ月もぼんやりしていたのに、自分の気持ちを自分から遠ざけていたのに、春珂《はるか》は今もそんな風に言ってくれる……。

うれしさと申し訳なさとありがたさに、どうにも口元がむずむずしてしまう。

「……そうだ、それから！　僕は、何かすべきことってあるのかな？　ほら、ようやく二人の存在が安定したんだ。僕は、ずっとそうでいてほしい。二人もそう思っているなら、できることをしたいと思うんだ」

そして——僕はもう一度、握った手に力を込める。

「僕は……どうすればいい？」

「……んー……」

僕の問いに、こちらを見返すと——春珂《はるか》はにんまりと笑う。

「いい質問ですねえ……」

そして彼女は、僕がするべきことを。

僕が彼女たちにできることを、端的に口にする——。

【Yer(YEAH!)Love-Comedy】

第二十四章
Chapter24

Bizarre Love Triangle

三角の距離は限りないゼロ

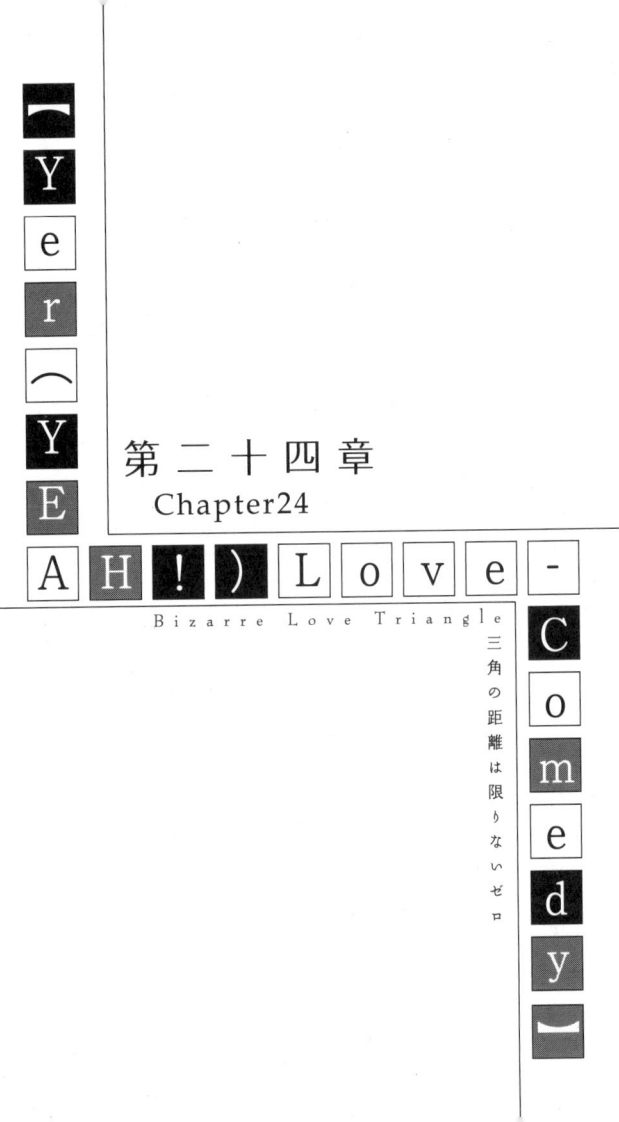

「──こ、こんばんは、矢野《やの》くん……」

「おう、こんばん……は……」

聴き慣れた声に振り返り──僕はそこにいた彼女に目を奪われる。

『その格好』で来るとは聞いていた。

きっと似合うだろうと期待もしていた。

けれど……いざ目の前にした秋玻《あきは》の姿は予想を軽々と超えていて、僕は上手《うま》くリアクションすることができない。

「……ど、どうかな？」

言葉を失っている僕に気付いたのか、秋玻《あきは》はふらふら視線を泳がせ髪を触る。

「初めてだから、ちょっと心配で。変じゃないと、いいんだけど……」

「……す……すごく似合ってると思うよ！」

本気で不安がっている様子の秋玻《あきは》。

けれど、相変わらず僕はまともな感想を言うことができない。

「ほ……本当に、すごく……！　めちゃくちゃ……良《い》いと思う！」

──そろそろ年の明ける、大晦日《おおみそか》の午後十一時半。

一緒に二年参りしようと集まった荻窪八幡《おぎくぼはちまん》の前で──秋玻《あきは》は、艶《あで》やかな和装でそこに立っていた。

――振袖、というのだろうか。

袖や上前には上品な模様が入り、帯は暗い中でも目を惹《ひ》く華やかさ。

それに対して羽織《はおり》は落ち着いた紺色ベースで、ショールはふわふわと柔らかそうで……自分の着物関連の語彙のなさが恨めしくなる。きっと、詳しい人だったらもっと細かく認識して、感想を言えたんだろう。

けれど今の僕は、ただただ思うことをしどろもどろで伝えることしかできない。

「本当にいいな……着物。年越しらしいというか……ものすごく、綺麗《きれい》だし……。僕も、和装で来ればよかった……」

「そう……」

そこでようやく、秋玻《あきは》の表情が緩んだ。

「ならよかった。頑張って着付けした甲斐《かい》があったわ……」

笑い合うと、参拝客の長蛇の列の最後尾に並ぶ。

深夜の神社入り口付近には、年越し前の高揚感と一体感がたゆたっている。

身を寄せ合っているカップルに、テンションが上がっているらしい小学生。

友人同士連れだって来ている学生三人組は、すでに酔っ払っているのか全員顔が赤い。

境内には至るところにかがり火が掲げられていて、今日が特別な日であることを肌で感じた。

「来たことなくて知らなかったけど、すごく混むんだな。しばらくは火にも当たれなそうだけど、大丈夫？　寒くない？」

「うん、大丈夫。着付けの前にお父さんに山ほどカイロ渡されたから、かえって暑いくらいだよ」

と、秋玻《あきは》は景色に目をやり遠い目をすると、

「……今年は、いい年だったなあ」

ぽつりとそうつぶやいた。

「宮前《みやまえ》高校に入って、久しぶりに普通の学校生活を送れて、友達もできて、春珂《はるか》とも前よりわかり合えた気がする……」

——二重人格である彼女たちは、これまで施設や病院にいることが多く、まともに学校に通うことができなかったらしい。

人格が別れる原因になった家族の問題、それが解決した今、ようやくこうして『普通の高校生活』ができるようになった。

この街に来る以前の二人を、僕はまだ知らない。

それをもどかしく思いながらも——今彼女が楽しく日々を過ごせていることを、僕はうれしく思う。

「……よかったよ。ずっと須藤《すどう》とかＯｍｏｃｈｉさんとかに振り回されてるし、疲れてないかって心配だったから」

「あはは、大丈夫だよ。元気な友達がいると、こっちまで元気になれるし。でも……何よりうれしいのは」

と、秋玻《あきは》は顔を上げこちらを見る。

「矢野《やの》くんに会えたことだよ……？」

目を細め、こちらを見ている秋玻《あきは》──。

「自分が、こんなに人を好きになるなんて思いもしなかった……。恋なんてしたことなかったし、わたしたちほら……こんなだから、一生そういうのには縁がないかもなって、思ってて……」

「そこまで思ってたのかよ」

一生って……そんなに思い詰めるものなんだろうか？

少なくとも、僕から見れば秋玻《あきは》も春珂《はるか》も魅力的で、僕に出会わなくてもいつか他の誰かと恋をしていたような気がする。

けれど、秋玻《あきは》はちょっと唇を尖《とが》らせて、

「でも、自分がそうだったら、普通に恋できそうだと思う？」

「……んん、どうだろう」

言われて──想像してみる。

もしも、自分の中にもう一人別の自分が生まれたら。

性格の全然違うそいつと、毎日入れ替わりまくる生活をしないといけないのだとしたら……。

「……確かに、結構難しい気がするかも」

頭の中でシミュレーションするだけでも、本当に面倒そうだった。

そんな自分を好きになってくれる人がいるなんて、確かにそう簡単には思えないかもしれない。

「でしょう……？　だからね、本当に矢野《やの》くんに会えてよかった。こんなわたしたちを、好きになってくれてありがとう」

――わたしたちを、好きになってくれて。

その言葉に、ふいに胸を衝《つ》かれる。

修学旅行の日以来、二人はこんな言い方をするようになった。

それまで、僕の好意にどこか不安を持っていた秋玻《あきは》も、あくまで友人という立ち位置だった春珂《はるか》も、僕が二人のことを好きなのだという前提を受け入れた――。

迷うことも悩むことも多いけれど、そのことは、前進なんだろうと思う。

不確かなことの多い中で、間違いなく「よかった」と言える変化なんだろう。

「……そんな、礼を言うようなことじゃないよ」

「でも、本当に感謝してるんだもの。……あのね」

恥ずかしさに頬を掻《か》いていると――秋玻《あきは》はふいに不満げな顔になる。

「わたし、あと十分くらいで入れ替わるから……年越しのとき出てるのは、春珂《はるか》なの」

「ああ、そうなるのか……」

「だから……今年矢野《やの》くんに会えるのは、これで最後……」

「……そう考えると、なんかちょっと寂しいな」

「でしょう？　だから……」

うなずくと、秋玻《あきは》は小さく辺りを見回し——僕のコートの裾を摑《つか》んだ。

そして——、

「周り、誰も見てないから……」

「……キスして」

——心臓が跳ねた。

キス……？　こんな、周りに人がたくさんいるところで……？

けれど……確かに列に並ぶ人たちは連れ合いと話すのに夢中で、誰一人僕らの方を見ていない。

「今年、もう会えないんだもの。一番いい終わり方だったと思いたい。だから——」

言って——秋玻《あきは》はコートを摑《つか》む手にぎゅっと力を込める。

そして、小さく首をかしげると——。

「……して?」

その表情に、もう一度胸が強く脈打った。

自分の中に、抑えきれない強い気持ちがこみ上げる。

「……わかった」

うなずくと、口元を手で拭って緊張をごまかし——秋玻《あきは》に向き合う。

目を柔らかく閉じ、うれしそうに顔をこちらに向ける秋玻《あきは》。

僕も目を閉じると、彼女の唇に自分の唇を短く触れさせた。

柔らかくてちょっと冷たくて、自然に潤った秋玻《あきは》の薄い唇。

半ば強制的に幸福感が頭をじんと痺《しび》れさせる——。

「……えへへ」

顔を離し目を開けると——秋玻《あきは》がその表情を、ちょっとだらしなく緩ませていた。

「これで終われたから、今年にもう後悔はないよ……」

「そんな、大げさだなあ……」

照れくささに、思わず頬を掻《か》く。

そんな僕の顔を覗《のぞ》き込《こ》むと、秋玻《あきは》は表情を一層とろけさせ、

「来年もよろしくね——矢野《やの》くん」

＊

「——わー、あけましておめでとー！」

「……おめでとう！」

——時刻が0時ちょうどになり、年を越したそのタイミングで。

なぜかハイタッチをしてきた春珂《はるか》に、僕は苦笑しながら両手を挙げて応じる。

「イエイイエーイ！」

「……い、いえーい……」

年を越したとは言え相変わらず参拝の列に並んでいる途中だし、浮かれているみたいでちょっと恥ずかしい……。

なのに、春珂《はるか》はそれに飽き足らず、

「……あ、あの、昨年はわたしと秋玻《あきは》が大変お世話になりました……！」

今度はかしこまった様子でこちらに頭を下げ始めた。

「今年もいっぱいお世話になっちゃうと思うけど、何卒《なにとぞ》よろしくお願いします……」

「ええ……そんな堅くならなくても……」

さすがにそれには、僕も笑い出してしまう。

「もっと軽い感じでいいよ、教師とか親相手じゃないんだから……」

「でも、こういうのはけじめが肝心だから！」

ふんふんと鼻から息を吐き、春珂《はるか》は熱弁する。

「年に一度くらいは、しっかりご挨拶させてもらわないと！」

「……それも、そうかもな」

言われてみれば、そんな気もした。

親しき仲にも礼儀ありだ。というか、親しき仲だからこそ礼儀にもきちんと気を付けていたい。僕も、改めて春珂《はるか》に向き直り、

「こちらこそ、本当にお世話になりました」

と頭を下げる。

「ずいぶん二人には助けられたよ……今年も、よろしくお願いします」

うん……実際ずいぶん助けられたと思う。

この間の修学旅行のときもそうだし、それ以前から、僕は何度も二人に気持ちを救われてきた。その感謝を今、年越しのタイミングでこうして伝えられたのは、清々《すがすが》しい気分だ。

「うん！　わたしたちでよければいくらでも頼っちゃって！」

春珂《はるか》がうなずいたタイミングで、並んでいた列がジワジワと動き始めた。

どうやら、参拝が始まったらしい。

それに従って前に進み、自分たちの番を終え――、

「ねえねえ、矢野《やの》くんは何をお願いした？」

「え……それって言っちゃダメなやつじゃなかったっけ？」

「……そうなの？」

「人に教えると、叶《かな》わないとかだった気がするんだけど……」

「ええっ⁉　わたしこれまで、周りの人に言いふらしまくってたよ！」

そんなことを言い合いながら境内を歩いていると、

「……あ！　ねえねえ、あれやりたい！」

と、ふいに春珂《はるか》が向こうの方を指差した。

そこには――「おみくじ」と書かれた販売コーナーがあった。

「おお、いいね、やろうか」

「よし、行こう行こう！」

春珂《はるか》に引っ張られ、それぞれ一つずつおみくじを引いた。

邪魔にならないよう、境内の片隅に移動して結果を確認すると、

「……お、僕は大吉だな」

「え！　いいなー！　内容はどんな感じ？」

「えっと……全体的には、大変なこともあるけど、ちゃんと努力は実を結ぶから頑張れ的な感じだな。願望『あわてねば叶《かな》う』、待人『来ます』、学問『全力を尽くせ』……」

「ほんとにいいやつじゃん！　えっとわたしは……え、何これ、『半吉』……？」

薄い紙を開き、春珂《はるか》は困惑の表情になっている。

「しかも、書いてあることも微妙……。願望『見直せ』、争事『勝ちに奢《おご》るな』、恋愛『自ら求めよ』……」

「あはは、半吉なんて僕も初めて見たな」

物心ついたときから初詣はこの荻窪八幡《おぎくぼはちまん》と決まっていたけど、そんなの一度だって見たことがなかった。凶や大凶を引いたことだってあったと思うから、きっと本当にレアなやつなんだろう。

「まあでも、秋玻《あきは》と吉を半分ずつに割って半吉なんじゃないか？」

「むー、だったら吉が二人分のダブルで倍吉とかにしてくれればいいのに……」

おみくじをじっと見つめ、むくれてみせる春珂《はるか》。

そして、彼女は不機嫌そうに唇を尖《とが》らせ、ひとりごとのようにつぶやく。

「……いいもん、わかったもん。おみくじの言うとおりにする。『自ら求める』」

そして、春珂《はるか》はふいに、決心した様子で顔を上げ、

「ねえ矢野《やの》くん……？」

「な、なんだよ……」

尋ねると、彼女はちょっとだけ声を殺し、

「……今日もう――秋玻《あきは》とちゅーした……？」

――一瞬、回答に躊躇《ちゅうちょ》した。

そういうことを口にするのには、反射的に抵抗を覚えてしまう。

しかも、その相手が秋玻《あきは》の別人格である春珂《はるか》だから、なおさら。

それに――今日、か。

正確には、したのは日付が変わる前、昨日のことになる。していないと答えることだって、できるんだろう。

けれど……春珂《はるか》が聞きたいのはそういうことじゃない。

だから僕は、素直に答える。答えることが――僕らの約束になっている。

「……うん、した。さっき、入れ替わるほんのちょっと前に……」

「そっか……去年最後のちゅーは秋玻《あきは》だったかあ」

悔しげな表情を隠すこともなく、春珂《はるか》は言う。

そして、彼女はこちらに一歩近づき、相変わらずの不満顔でこちらを見上げると、

「じゃあ……今年最初のは、わたしにして」

——秋玻《あきは》と同じ顔立ちの春珂《はるか》。

けれど、目の閉じ方やちょっと尖《とが》らせた唇、赤くなった頬は秋玻《あきは》よりも幼い印象で——僕は
はっきりと、二人が別人であることを感じる。

そして、そんな春珂《はるか》に、

「……わかった」

短くうなずくと、僕は唇を彼女に寄せた。

秋玻《あきは》よりも少しこわばりの取れた、柔らかい唇。

しばらくして顔を離すと、春珂《はるか》は視線を落とし、照れくさそうに笑う。

「……ふふふ……。新年一番乗りだね……うれしい……」


『——同じだけ、わたしたちを大切にして』

『——同じだけ、わたしたちを好きになって』


それが——修学旅行の帰りの新幹線、春珂《はるか》に告げられた『僕がすべきこと』だった。

彼女たちを等しく肯定するため。

同じだけ、彼女たちが彼女たちを自己肯定するため。

今僕の胸の中にある恋愛感情を、等しく二人に向ける――。

秋玻《あきは》と春珂《はるか》は、二人ともが僕の恋人になることを僕に求めた。

そして僕は――それを受け入れた。

それで二人がずっと一緒にいられるなら。

秋玻《あきは》が罪悪感を背負わずに済み、春珂《はるか》が消えないで済むなら――そうしたいと僕は思った。

躊躇《ちゅうちょ》がなかったわけじゃない。

二人を同じだけ大切にするなんてきっと大変だし、不自然なことだとも思う。

それでも……僕はもう、二人から逃げたくないんだ。

自分を見失い動けなくなった僕を救い出してくれた、秋玻《あきは》と春珂《はるか》。

向かい合って、彼女たちの力になりたい。少しでも、二人の気持ちに恩返しがしたい。

それに、

「……あ、あっちに甘酒あるよ！　飲みに行こう！」

「うん、そうするか」

言って、春珂《はるか》に手を取られて歩き出しながら――本当は、ずるいおいしさだって、感じてしまっているのだ。

どちらを好きなのか確信を持てないまま、どちらにも恋人として振る舞う。

手を繋《つな》ぐのはもちろんだし、抱きしめ合うことだって、キスしてしまうことだってある。

はっきり言って……僕にとって、あまりに都合のいい状況だ。

だから、このふしだらで身勝手な関係は——妙な罪悪感と背徳感と共犯意識を生みながら、どんどん深みにはまりつつある。

「——あ、お焚《た》き上げもやってるんだね！」

「うん、ここは毎年結構派手にやってるよ」

「そうなんだー、火、あったかーい！　次の二年参りのときは、うちのお札とか持ってこよう……」

そしてせめて——僕はこれを、誰のせいにもしたくないと思っていた。

僕は僕の意思で、こうすることを選んだ。

責任は僕にあるし、僕は僕のためにこうしている。

だから——こうして春珂《はるか》の隣を歩きながら、胸に奇妙なざわめきが走るのも。

落ち着かなくて、何かがズレ始めたような感覚があるのも、きっと気のせいなんだ——。

＊

「——さて、とうとうこのときが来ましたね」

三学期が始まってしばらく経《た》った、一月下旬の朝。

いつもより背筋を伸ばして千代田《ちよだ》先生がそう言った。

そして彼女は、プリントの束を先頭の席の生徒たちに渡し、

「これを、後ろに回してください」

と、彼らに声をかけていく。

――年明けからは、もう三週間ほどが経《た》っていた。

冬休みボケはとっくに治ったし、授業のある日常にも慣れきっていた。

けれど――どこか今でも、教室の空気は浮ついていて。

窓から見える西荻《にしおぎ》の街はわずかに白んで見えて……ほんのわずかに、年始の匂いを引きずっているように思えた。

「今配ったのは、進級希望調査の紙です」

どこか弛緩《しかん》した空気の中。千代田《ちよだ》先生の声だけが、凜《りん》と教室に響いていた。

「来年どのコースに進級したいのか、そのあとどうしていきたいのかを記載してもらう紙ですね。締切《しめきり》は来月、二月十五日金曜日です」

前の生徒から流れてきたプリントの束を受け取り、一枚抜き取ってから後ろの生徒に回す。

千代田《ちよだ》先生の言うとおり、その小さな紙片には『進路希望調査』とタイトルが書かれていた。

――宮前《みやまえ》高校では、三年生は文系理系とは別に、希望する進路によっていくつかのコースに分かれる。

大学、短大への進学を目標とした、『進学コース』。

難関大学への進学を目指す『特進コース』。

そして、専門学校への進学や就職を希望した生徒が所属する『通常コース』。

地域でも上位の進学校なこともあってか、生徒数の割合は特進が三、進学が五、通常が二、といったところだろうか。

二年生も終盤に差し掛かった今、ついにそれを決める時期が僕らにも来たらしい。

「皆さんにはこれまでも、折に触れて進路の話をしてきましたからね……みんな、それぞれ考え始めてくれていると思います」

言いながら、千代田《ちよだ》先生は僕らを見回す。

「まあ、まだ決められていない、という人も二月には職場体験がありますから。それをきっかけにしっかり未来のことを考えて、進路を決めてください」

……進路、か。

プリント片手に、僕は頬杖《ほおづえ》をつく。

確かに、目の前に迫った問題なんだろうけど、実はいまいち、僕は実感を持ってそのことを考えられていなかった。

秋玻《あきは》、春珂《はるか》との関係に必死だったこともあるし、この二ヶ月はまともにものを考えられなかったのもある。

そもそも……大学入学とか就職とか、全然リアリティを感じられない。

ずっと遠い未来の出来事のような気がして、少しも現実味がない。

……けれど、きっと高校生なんてそんなものなんだろう。

本当に目の前に突きつけられるまで、先のことなんてリアルに考えられない。

みんな、目の前のことで精一杯なんじゃないだろうか。

だからこそ――半ば強制的に将来を考えさせるため、こんな風にすぐそこにある締切《しめきり》が設定された、ということなのかもしれない。

「相談がある人は、是非わたしのところでも、ご家族にでも遠慮なく話してくださいね。高校二年生の最後を締めくくる、大切な選択ですから」

千代田《ちよだ》先生は、難問を前にしたクイズ回答者のように不敵な笑みを浮かべると、普段以上にはっきりした声でそう言った。

「――それぞれ納得いく答えを見つけられるよう、頑張りましょう！」

――そんな彼女に、ようやくぼんやり実感した。

ああ――もう僕の高校二年生は、あと少しだけなんだ。

このクラスでいられるのも、宙ぶらりんな状態でいられるのも、ほんの一ヶ月くらいなんだ、なんて――。

＊

――昼休み。

いつものメンツで昼食を食べていても、話題は進路のことで持ちきりだった。

「ああ～高二が終わる～!!」

手にお弁当用のフォークを持ったまま、須藤《すどう》がそう言って頭を抱えた。

「華のJK二年生が終わってしまう～!!　うおおおお～！」

「そ、そんなに嘆くことじゃないでしょ……」

あまりの悲嘆ぶりに、向かいで箸を操っていた修司《しゅうじ》も珍しく若干引き気味だ。

「まだあと一年は女子高生でいられるんだし、焦《あせ》ることはないよ……」

「わかってない！」

須藤《すどう》は――けれどそう言って、フォークを持たない方の手でびしっと修司《しゅうじ》を指差した。

「高校二年生、っていう学年にはね、魔法がかかってるんだよ！　高一ではちょっとお子様過ぎる、高三では現実に直面しすぎる……！　けれど高二は、その絶妙な年齢感とライフイベントのなさから、青春中の青春とも言える年齢なんだよ！　恋、友情、夢！　どれを取っても高二のときが一番輝くんだよ！」

……まあ、言いたいことはわかる気がした。

世間でも「高校生」っていう世代がある種特別視されてるのは感じるし、僕自身、大人になってから今のことを懐《なつ》かしく思い出す日が来るんだろうな、とは思う。

ただ、

「そ、そうかしら……」

須藤《すどう》の熱弁に、いまいち秋玻《あきは》は納得できない表情だ。

「確かに、絶妙な年齢かもしれないけど、他の学年は他の学年で、魅力があるんじゃない……？」

僕もどちらかというと、秋玻《あきは》に賛成だ。

小学生なら小学生、中学生なら中学生、大学生でも大人でも、それぞれの年代にきっと悩みや問題や輝きがあって、見所があるはず。高二がそこまで至高かっていうと……ちょっとよくわからない。

けれど、それでも須藤《すどう》は決して折れない。

「それは確かにそう！　でも、世の中のマンガとかアニメとかを見てよ！　多分、主人公高二が一番多いでしょ⁉　だから結局、現実問題その年齢は特別なんだよ！　人生のゴールデンタイムなんだよ！」

「は、はあ……」

その勢いに、さすがに秋玻《あきは》もちょっとついていけない様子だ。

「なのに進路決めなんて始まっちゃえば……わたしの青春の一番の輝きは、失われたも同然！　さらば青春だよ！　さらば青春の光だよ！」

「……じゃあ須藤《すどう》は」

彼女の言い方には、ちょっと感じる部分があった。

ご飯を摘まんでいた箸を一度下ろし、僕は尋ねる。

「あんまり将来のこととかこの先のこと、まだ考えてない感じ？」

なんとなく、仲間な気がした。

適当な性格の須藤《すどう》だし、先のことはあとで考えればなんとかなる、と思っていそうだ。

実際、さっきの会話からもそういう気配を感じる。

なのに、あっさり須藤《すどう》は首を振り、

「ううん、わたしもうなりたいものも進路も考えてある」

「……マジで？　何になりたいんだよ？」

「小学校の先生」

——よどみも迷いもなく、須藤《すどう》はそう言い切った。

「だから都内の大学で教職取りたくて、コースは文系進学コースに行くつもり」

初耳だった。

これまで二年間友達だったというのに、一度もそんな話聞いたことなかった。

「ええ……高二が華だって言ってて、教えるのは小学生なの……？」

修司《しゅうじ》が再び困惑の声を上げる。

けれど須藤《すどう》はまったく意に介さず、

「当たり前でしょ！　青春の華は高二だけど、先生になるなら小学生一択でしょ！　かわいいし！　未来がありまくるし！」

――そんなやりとりを聞きながら、胸騒ぎを覚え始めていた。

そうか……須藤《すどう》、小学校の先生になりたいんだ。

確かに、似合いそうな気がした。こういう性格なら、男子女子問わず子供から人気が出そうな気がする。

それに、教職取るために大学って……そこまで現実的に考えてたのか。

「――修司《しゅうじ》はどうすんのさ！」

「ああ、俺？」

考えているうちに、話の矛先は修司《しゅうじ》に向かった。

「俺は大学出たら父親の会社入らないかって誘われててさ。でも、そのとき親の七光りだと思われたくないから、大学でしっかりプログラミングとか勉強したくて。情報系の学部に入るために、理系の特進コースに行く予定だよ」

「へー！」

確かに、修司《しゅうじ》の父親は都内でＩＴ企業の社長を務めていると言っていた。それほど大きい会社ではないらしいのだけど業績は良《い》いそうで、修司《しゅうじ》をして「あの父親には敵《かな》わない」と思わせるような人物らしい。

そんな父親に……彼なりに向き合うってことか。

「秋玻《あきは》はどう？　将来なりたいものとかある？」

「そうね……まだまだ夢の段階だけど、音楽関係の、ライターに興味があって……」

そして秋玻《あきは》まで、そんな風にプランを話し始めた。

「わたしの好きなジャズもそうだけど、もっと幅広く書けるようになれればなって……。それこそ他のジャンルの音楽もそうだし、わたしの好きな小説に関しても書ければいいなと思うし……」

「ああ、じゃあどっちかというと、コラムニストとかエッセイストとかみたいな感じかな？」

「うん、その方が近いのかも……」

修司《しゅうじ》の言葉に、秋玻《あきは》がこくりとうなずく。

「憧れのエッセイストさんがいて、そんな風になれたらなって……」

――実はこの話は、以前に雑談の中で聞いたことがあった。

好きなものに関して、文章を書く仕事がしてみたいのだと。

かなりハードルが高そうなのだけど、チャレンジしてみたいのだと。

当時はまだ、ぼんやりした夢として話していたけれど……秋玻《あきは》にとってそれはもう、夢から現実の目標に変わったらしい。

「でも、ライターにしろコラムニストにしろなり方って特に決まってないから、まずは文学部に進学して文章力を磨きながら、ブログでも始めてみる感じかな……。まあ、春珂《はるか》の事情もあるから現実にはどうなるかわからないけど……」

「えーそれめちゃくちゃ面白そう！　わたし読みたい！」

「俺も読みたいな。水瀬《みなせ》さんのオススメとか解説、すごく気になる……」

「ありがとう……ブログ作ったらみんなにも報告するね」

「やったー！　超楽しみー！」

さっきまでの憂鬱そうな顔が嘘《うそ》だったかのように、須藤《すどう》が弾《はじ》けるような笑みで言う。

その隣で、修司《しゅうじ》は紙パックのコーヒーを飲みながら、

「ちなみに、柊《ひいらぎ》さんは出版関係で働きたいから、文系特進コース。お姉さんが通ってた地方の大学を目指したいんだって。細野《ほその》はあれで、意外とバーとかの店員に憧れてるらしくてさ。けど一応大学は出ておきたいから、文系進学コースに行くらしい」

「バーの店員！　なんかめっちゃわかる！　あはははははは！」

須藤《すどう》が爆笑する。

「あいつ、あの物憂《ものう》げな顔で『あちらのお客様からです……』ってやりそう、あはははは！　って、そんな笑っちゃダメか、本気の夢だもんね……。行こう、あいつのお店。わたしが最初の常連さんになってやろう……」

急に決意を固め始めた須藤《すどう》。

そんな彼女をほほえましげに見守ってから、修司《しゅうじ》がこちらを向き、

「矢野《やの》はどう？」

ごく自然な流れで、そう尋ねてきた。

「将来なりたいものとか、今後の進路とか考えてる？」

「え？　ぼ、僕？　あー、あはは……」

ついに水を向けられて、こうなるのはわかっていたのに反応に詰まってしまう。

「実は、まだそんなに考えられてなくて、決まってないんだよなー」

「そうなんだ。なんか意外だな」

「ね、てっきりもう未来の夢とかあるのかと思ってた！」

「でもまあ、良《い》い機会だから、これをきっかけに考えてみるよ……」

そんな風に返して、水筒のお茶を飲みながら……僕は何か責められているようなやけに心許《こころもと》ない気分になっているのに気が付く――。

「さすがにそろそろ、目標が必要そうだしな……」

＊

「──将来のことかあ……」

放課後の部室で。

春珂《はるか》は目の前の机にだらーんと突っ伏しながらそう言う。

「まあわたしは、これからどうなるかわからないからね……あんまり考えたことなかったかも」

「……あ、ごめん。あんまりよくない話題だったかも……」

これまで、春珂《はるか》は遠くない未来に消えてしまうと言われていた。

今でこそ入れ替わり時間は短くならなくなったし、このままでいられる可能性だって出てきたけれど……それだって、確かなことはわからないんだ。

そんな彼女にとってこれからだとか未来の話だとか、残酷だったかもしれない。

しまった、完全に配慮に欠けていた……。

けれど、春珂《はるか》は突っ伏したままでこちらににへらと笑い、

「ううん、いいの。でも、今となっては、もしかしたら考えた方がいいのかもなあ……。消えない可能性も出てきたし……」

──冷え込みが一層厳しくなった昨今。

部室にはこれまでになくしんとした、湿っぽい空気が満ちていた。

本棚に収まった今にも崩れそうなハードカバーの背、まだソ連がある地球儀、エイリアンのステッカーが貼られたラジカセも、どこかこれまでよりも寂しげな顔つきでそこに収まっているように見える。

「……そういえば、二重人格の件はどう？」

ふと思い出し、僕は彼女に尋ねてみる。

「あれから、なんか気付いたこととか、わかったこととかあった？」

「……あ～、それねー……」

なんだか抜けた声でそう言うと、春珂《はるか》は短く黙り込む。

そして――何も言わずにふいに席を立つと、僕の前に来た。

「ど、どうしたんだよ……？」

どこか物憂《ものう》げな、切なそうな顔で僕を見ている春珂《はるか》。

わけがわからずぽかんとその顔を見上げていると、

「……え!?　ちょ、ちょっと……！」

春珂《はるか》が――僕の膝に座ってきた。

横向きにちょこんと、なんて座り方じゃない。

向かい合わせで、両太ももで僕の身体《からだ》を挟み込むようにして。

脚に感じる春珂《はるか》の体重と、体温。

目の前、至近距離に制服の胸の膨らみが来て、どこに目をやればいいかわからなくなる。

「な、何してんの……!?　ちょっと、近……」

言いながらうろたえる僕の頰を——春珂《はるか》が両手で包んだ。

そして、顔を春珂《はるか》の方に向かせると、

「……んっ……」

唇を、僕の唇に寄せてくる。

いつものように肌で感じる、唇の薄さと柔らかさ。

けれど——それだけじゃない。

春珂《はるか》は小さく口を開き、

「……!」

そこから——柔らかい舌を、僕の口の中にねじ込んできた。

——反射的に、身体《からだ》がこわばった。

春珂《はるか》によって、自分の身体《からだ》が内側までまさぐられている——。

けれど——その小さな舌の動きは優しくて、濡《ぬ》れたそれになぶられるのは心地《ここち》好《よ》くて——。

気付けば僕は、自分の舌でそれにおずおずと応えていた。

——考えてみれば、こんなキスは久しぶりだった。

まだ、秋玻《あきは》と付き合っていた頃。数ヶ月ぶりのこと——。

そして、ずいぶんと長くそうしてから、

「……ねえ、矢野《やの》くん？」

ようやく顔を離し、唾液で濡《ぬ》れた口元を親指で拭き——蠱惑《こわく》的な笑みを浮かべて春珂《はるか》は尋ねてきた。

「秋玻《あきは》とは、どこまで？」

「……どこまでしたの……？」

「キスだけじゃなくて、もっとしたでしょ？　なんとなくわかるんだ、そういうこと……」

……もっとしたでしょ？

普段であれば、決して人には言わないようなプライベートなことだ。

けれど——春珂《はるか》には隠せない。

同じだけ大事にする、同じだけ好きになると約束した以上、本当のことを言わなければいけない。

「確かに、もうちょっとしたけど……」

「どこまで？」

その明け透けな問いに、僕は一瞬ためらってから——、

「……胸、触ったくらい」

あれはまだ、須藤《すどう》が修司《しゅうじ》に告白された頃の話だ。

秋玻《あきは》に自宅マンションの中に連れていかれ、流れでそういう風になった。きっとあれが……今のところ最初で最後の「そういうこと」だったと思う。

「……じゃあ」

——と、春珂《はるか》はブレザーのボタンを外す。

そして、カーディガンの前も開きリボンを外すと——ブラウスに包まれた膨らみをこちらに寄せた。

そして——、

「……わたしにも、して……」

——反射的に、躊躇《ちゅうちょ》してしまう。

本能的には、したくてしょうがないんだ。

目の前にある膨らみに、触れてみたい。そう思っている自分を、決して否定なんてできない。

けれど……本来こういうことは——恋人同士ですることだ。

今の僕らがそういう関係なのかはわからないし、純粋に、春珂《はるか》には自分の身体《からだ》を大切にしてもらいたいと思う。自分が、そんなことをしていいのか。するべきなのかわからない。

それでも、

「……ねえ、いつも秋玻《あきは》だけずるいよ……」

苦しげに、吐息に混ぜ込むようにして春珂《はるか》が言う。

「矢野《やの》くんと、付き合うにしても何するにしても、いつもあの子が先で……。わたしだって、矢野《やの》くんとドキドキしたい……。秋玻《あきは》がしたなら、わたしだって矢野《やの》くんと、そういうことしたい……」

——その表情は、切実で。

からかっているわけでも大げさに言っているわけでもないのは明らかで——きっと彼女にとって、それは本当に大切なことなんだろうと思う。

だとしたら——僕は断れない。

彼女の、せめて秋玻《あきは》と同じようにという願いを、絶対に無下にできない。

短く深呼吸すると、僕は手を春珂《はるか》の胸元に伸ばした。

そして——二つの膨らみを包み込むようにして、手を添わせる。

「……んっ……」

初めての感覚への驚きからか、春珂《はるか》が小さく声を上げた。

手の平に感じる、ボリュームのある丸み——。

頭が熱くなっていくのを感じながら——できるだけ優しく手の平に力を入れ始める。

「……ぁ……んぁ……」

何かをこらえるように目をつぶり、眉を寄せている春珂《はるか》。

そして僕は——久しぶりの感触に。彼女の胸の感触に、心臓が暴れ出すのを自覚する。

まず感じるのは以前と同じ、ブラの手触りだ。

マンガやアニメなんかではとにかく柔らかいものと表現されていた気がするけれど、少なくともこうして服の上から触る分にはちょっと違う。

手の平に強く覚えるのは、ブラジャーの存在とその表面のレースの手触りだった。

初めてではないはずなのに、相変わらずその硬さを心のどこかで意外に感じてしまう。

そして——その向こうにある、確かな柔らかさ。

「……う。うぁ……」

それを手の平に感じるたびに——膝の上の春珂《はるか》がもだえる。

眉を寄せ目を閉じ、口元に手を当てている春珂《はるか》——。

けれど、時折漏れる声は隠しきれていない。

そして僕も——そんな春珂《はるか》の表情に、身体《からだ》中に衝動が突き上げるのに必死で耐えていた。

——女の子にこんなことをするのは、秋玻《あきは》に次いで二人目だ。

二人は同じ身体《からだ》を共有しているのだから、もしかしたら一人目、というのが正確なのかもしれない。

けれど……不思議なことに、こうしている感覚は、秋玻《あきは》と春珂《はるか》で大きく違う。

手にしている胸の大きさは、形は、柔らかさは同じなのに……彼女たちの胸は間違いなく、それぞれ秋玻《あきは》、春珂《はるか》のものだと感じる。

……それから、なぜだろう。

こんな状況なのに、心の底から目の前のことに夢中になっているのに——どこかで小さく『違和感』のようなものを覚えているのにも、ふと気付いた。

「……ねえ」

うっすらと目を開け、春珂《はるか》がそんな声を上げた。

「ずっと……考えてるの」

「……何を？」

「二重人格のこと……。お互いにとって、わたしたちってなんなんだろうなって……」

吐息混じりに言葉をこぼし続ける春珂《はるか》。

手を止めることができないまま、僕はその話に聞き入る。

「わたし……んっ……ずっと、わたしはあの子の、副人格なんだと思ってた。……あっ……わたしは、あの子の中で……あっ、ん……一時的に、生まれただけなんだって……」

——それは、僕と出会うずっと前から、二人の間にある前提だった。

秋玻《あきは》の中に、春珂《はるか》が生まれた。

主人格である秋玻《あきは》と、副人格である春珂《はるか》。

春珂《はるか》はあくまで秋玻《あきは》を守るためにいて——役割が終われば、いつか消えてしまう。

けれど――、

「……本当に、そうなのかな？」

上気した顔のまま首をかしげ――春珂《はるか》はそこに、疑問を呈する。

「少なくとも……んん……矢野《やの》くんは、わたしにこうしてくれる。……あっ、あっ……キスして、身体《からだ》を触って、こんなやらしいことしてくれる……」

そして――春珂《はるか》は身をよじらせると、何かに気付いたような顔になり。

「……ねえ」

僕の方を向くと、にんまりと笑った。

「……矢野《やの》くんのこれ……おっきくなってる？」

――あられもないその質問に。

春珂《はるか》にそのことを感じ取られたという恥ずかしさに、心臓が一拍大きく跳ねた。

「そりゃ……なるだろ……」

当たり前だ。

少なからず好意を持っている女の子の胸を、思いっきりまさぐっているんだ。その状況で、そうならないはずがない。

それに、本当のことを言うと……胸を触る前から、彼女が膝に乗ってきた時点から、ずっとこうなっていた。秋玻《あきは》と付き合っていた頃は……手を繋《つな》ぐだけでそうなってしまうことさえあった。

「へー……そうなんだあ。本当になるんだあ……」

春珂《はるか》はうっすらと笑みを浮かべたまま、もう一度身体《からだ》をくねらせる。

下腹部が僕の腰に押しつけられて、春珂《はるか》はうれしそうにくつくつと笑う。

「……これ、だよね。ほんとに固くなるんだね……。うわあ……」

「ちょ、ちょっと……春珂《はるか》……」

「ねえ、矢野《やの》くん……」

彼女はもう一度首をかしげると、こちらに顔を近づけ小さくこう尋ねた。

「……エッチしちゃう？」

——全身に熱い血がめぐった。

「今から……ここでエッチしちゃわない？」

したいと、強烈に思った。

今すぐにでも彼女を押し倒したい衝動が頭を満たす。

それに追い打ちをかけるように、

「ちゃんと……用意もあるよ。あれ、持ってる……」

「え、どうして、そんな……」

「前に矢野《やの》くん、秋玻《あきは》とラブホテル入ったでしょう？　あのときに、秋玻《あきは》がこっそり持って帰ってきたみたい。あの子もやらしーねー……」

そう言って、春珂《はるか》はもう一度くすくす笑う。

「だから、ほら……しちゃおうよ……」

その提案が、生々しい現実味を帯びる。

ここで、春珂《はるか》と、してしまう――。

もはや、身体《からだ》をめぐる衝動は目眩《めまい》がするほどだった。

頭の中に、無条件にその光景が思い浮かぶ。

裸になった春珂《はるか》の身体《からだ》。その肌触り。そんな彼女に欲求を受け止めてもらう快感――。

今すぐにでも、この気持ちを春珂《はるか》の身体《からだ》にぶつけたいと思う。

けれど――、

「……ん、ん……」

頭のどこかで、そのことに強烈な拒否感も抱いていた。

——僕と春珂《はるか》は、するべきではない。

こんな曖昧な関係で、気持ちも固まっていない状態で、そんなことしちゃいけない。

僕もそうだけれど、きっと春珂《はるか》も初めてだ。せめてそれは、大切にしなきゃいけない。

そして、そんな理屈以上に——心の片隅にある、猛烈な心苦しさ。

それが、どうしても消えてくれない——。

強烈な二つの感情に、引き裂かれそうな思いで必死に耐えていると——春珂《はるか》も、それに気付いたらしい。

「……ふふふ」

と小さく笑いを漏らした。

「まあ、そうだよね。いきなりこんなこと言われても、さすがに困っちゃうよね。ここでして、千代田《ちよだ》先生にでもバレたら一大事だし。お父さんにでも話が行ったら、大騒ぎになっちゃうし……」

そして、

「……今日のところはやめておこうか？」

そう言って、僕の膝からゆっくりと降りると、乱れた制服を直しブレザーの前を留めた。

その姿に——なんだか急に申し訳なくなる。

「……ごめん」

こういう状況を、『女に恥をかかせる』っていうんだろう。

据え膳食わぬはなんとやら、とも言うし、もしかしたら僕は結構酷《ひど》いことをしているのかもしれない。

けれど、

「いいんだよ、ちょっと残念だけど。まだまだチャンスはあるんだし」

謝る僕に、春玽《はるか》は熱っぽい声のままで言う。

そして、うつむく僕の顔を覗《のぞ》き込《こ》むと、

「でも……いつか矢野《やの》くんとわたしは、する気がするの。ちゃんと結ばれて、お互い納得した上で、すごく幸せにセックスすると思う」

その言葉に――もう一度はっきりと想像してしまった。

春玽《はるか》とセックスするそのときを。

裸になった彼女と、その身体《からだ》の柔らかさを――。

そして――一つになった幸福感と、性的な快感を――。

「……だから」

気付けば――目の前に、春玽《はるか》の顔がある。

「そのときは、めいっぱいしようね？」

心の中を見抜かれたようで、反射的に視線を逸《そ》らすと――、

「……あははは」

春珂《はるか》は楽しそうに笑って、元いた席に戻った。

「……ねえ、矢野《やの》くん」

そして――いつもの明るさを取り戻した彼女は。

どこか抜けて幼い印象の表情を取り戻した春珂《はるか》は――僕に尋ねる。

「――こんなわたしは。こんなにドキドキして、矢野《やの》くんをドキドキさせられて、二人でエッチな気分になれたわたしは――本当に、ただの副人格なのかな？」

＊

「――先生、面談の日程希望のプリント、集まりました」

「うん、ありがとう」

数日後の昼下がり。

日直として集めた紙束を千代田《ちよだ》先生に差し出すと――彼女は眺めていたパソコンから顔を上げ、笑顔でそれを受け取ってくれた。

「いやー、矢野《やの》くんが日直だと仕事が早くて助かるわ。生徒によっては、いつまでも集めてくれないこともあるしね……」

言いながら、千代田《ちよだ》先生はぺらぺらと数枚プリントをめくり、内容をチェックし始める。

――昼休みの職員室は、教師や彼らに会いに来た生徒たちで大賑《おおにぎ》わいだった。

授業の質問をする生徒。僕のように何か渡しに来た生徒。何やら真剣な顔で相談をしている生徒……。

目的があるのかないのか、ただ先生と談笑しているように見える生徒もいる。

そして彼らに、先生はそれぞれ弁当を食べる手を止めたり、パソコンの作業を中断したり、テストの採点を後回しにしたりして対応していた。

……大変だな、先生って。

これ、先生たちにとっても大事な昼休みの時間だろうに、休む暇もないじゃないか……。

高校でこれなんだから、小学校の先生になんてなったら須藤《すどう》は相当苦労することになるんじゃないだろうか……。

「――はい、確認しました。ありがとう」

「ええ、ではこれで……」

「あ、ちょっと待って!」

教室の戻りかけた僕を、千代田《ちよだ》先生が呼び止める。

「……なんですか？」

「矢野《やの》くん……職場体験のプリント、まだ出してないけど……どこに行くか、まだ決まってないの？」

「……ああ」

……そうだった。

先日千代田《ちよだ》先生から説明があり、準備期間に入っていた職場体験。

何人かの生徒でグループになり、実際の企業にお邪魔して仕事ぶりを見せてもらう、という企画だ。訪問する企業は学校側が用意した企業でもいいし、自分たちで交渉して見学をお願いしてもいい。

できる限り自分の希望する仕事に近い会社を見せてもらい、より将来のことを具体的に考えさせる、というのが目的らしい。

けれど、

「……そうですね。まだ決まってなくて……」

僕はまだ、どの企業に見学に行きたいか決めることができずにいた。

修司《しゅうじ》は渋谷のＩＴ企業に、須藤《すどう》は近所の保育園に見学に行くらしい。秋玻《あきは》と春珂《はるか》もすでにあたりをつけ始めているようだった。

なのに僕は……将来何になりたいかも決まっていない僕は、今もどこに行くか決めきれないでいる。

「珍しいわね、矢野《やの》くんがこんなにギリギリまで引っ張るなんて……」

千代田《ちよだ》先生は、患部を診る医者のような顔つきで僕を覗《のぞ》き込《こ》む。

「なんか結構、悩んじゃってる感じ？」

「……はい」

この人に隠し事をしてもどうにもならないだろう。

僕は素直にうなずいて、困りごとを打ちあけることにする。

「まだ将来のこととか、ちゃんと考えられてなくて……。だから、どこに行くにしてもピンときてなくて……」

「……ふうん、なるほどね」

ふうと息を吐くと、千代田《ちよだ》先生は背もたれに体重をあずけた。

「まあ、そうよねえ。その年でなりたい仕事考えろって言われても、難しいわよね……」

……そう、なんだろうか。

僕の周りのヤツらはとっくに未来のことを考えているし、正直最近は、ずっと置いていかれているような気分が拭えないんだけど。

「……ああ、でもそうだ！」

と、ふいに千代田《ちよだ》先生は気付いたような顔になり——ちょっと困ったような顔で、僕に提案する。

「もしかしたら……あの子たちに相談してみるといいかも」

「あの子たち？」

「うん。ちょうど、矢野《やの》くんにもお勧めできそうな職場に見学に行く子たちがいるの。だから、一度話してみたらどうかなって」

「へえ……」

お勧めできそうな職場……一体どこだろう。

けれど、千代田《ちよだ》先生がそう言うならちょっと興味が湧く。

「それは是非、紹介してもらいたいですね……」

「うん、もちろん。というか、矢野《やの》くんの友達だから直接本人同士話してもらった方がいいかも……」

……矢野《やの》くんの友達。

僕にお勧めできそうな職場に行く友達となると――もしかしたら、『あいつら』か？

この学年で趣味の合いそうな人と言えば、そんなにたくさんは思い付かない。

……うん。

多分、あの二人だろう。

「職場としても、きっと矢野《やの》くんに興味を持ってもらえると思う。将来のことがわからないなら、まずは単に興味のある場所に行ってみればいいと思うから……。まあ」

と、千代田《ちよだ》先生は小さくはにかむような顔になると。

最後に小さく、こうつけたした。

「わたしとしては、ちょっと恥ずかしいんだけどね……」

第二十五章
Chapter25

【モラトリアムは有罪】

Bizarre Love Triangle

三角の距離は限りないゼロ

「――『町田出版』っていう出版社の文芸部に、わたしたちはお邪魔するの」

――千代田《ちよだ》先生と、職場見学の話をした翌日。土曜日。

集合した水瀬《みなせ》家の一室。秋玻《あきは》と春珂《はるか》の部屋で。

千代田《ちよだ》先生が相談相手として提案してくれた友人――柊《ひいらぎ》さんは、僕にそう説明した。

「うちのお姉ちゃんがお世話になってる出版社だね。本当は、もう何回か行ってるからそんなに新鮮でもないいんだけど……やっぱり出版関係のお仕事を、しっかり見させてもらいたいから」

――柊《ひいらぎ》さんの姉、柊《ひいらぎ》ところは新進気鋭の作家として活躍中だ。

なんと、妹である柊時子《ひいらぎときこ》をモデルとした主人公の作品で静かなヒットを記録し、以降シリーズものとして柊《ひいらぎ》さんの生活を題材に小説を出し続けている。

柊《ひいらぎ》さんは――そんな姉の仕事先に、職場見学に行くらしい。

……この子、よく姉のことを『シスコン』呼ばわりしているけど、本人もずいぶんと姉のことが好きだよな……。

そして、隣にいた柊《ひいらぎ》さんの彼氏、細野《ほその》もそれに続き、

「で、俺もそれに同行しようと思うんだ。バーの店員やるにあたっても、珍しい経験って重要そうだろ？　ほら、お客に話せるネタが増えるし。……あと、柊《ひいらぎ》とも一緒にいられるし」

『お前それ、明らかに後半が本音だろ』と思いはしたけれど、特には口にしないでおいた。

最近気付いたけれど、この二人は見かけからはわかりにくいタイプのバカップルだ。

「でね、お姉ちゃんに確認したんだけど、矢野《やの》くんと秋玻《あきは》ちゃん春珂《はるか》ちゃんが来るのは大歓迎だって。三人のことは、前から気になってたみたいだし。担当の野々村《ののむら》さんも、それくらい増えるのは構わないよって言ってるって。だから……」

そして、柊《ひいらぎ》さんは和風のその顔に優しげな笑みを浮かべ、

「わたしたちと、一緒にどう？」

「……出版社、か……」

提案されたその見学先を、僕は口の中で繰り返す。

「確かにそれは、すごく興味があるな……」

少なくとも、学校に挙げられた候補、自分で考えたいくつかの案に比べて、圧倒的に面白そうだと思う。本は大好きだし、それが作られる過程にも興味がある。

ただ、それが自分の将来や仕事に結びつくか、というとちょっとわからない。

あくまでこれまではただの本好きだったし、その業界で働くなんて考えたこともなかった。

なのに、興味があるくらいの理由でお邪魔してしまっていいんだろうか……。

「……あ、ちなみにね」

ためらう僕の背中を押すように、柊《ひいらぎ》さんがちょっといたずらな笑みを浮かべる。

「担当の野々村《ののむら》さんは……実は千代田《ちよだ》先生の旦那さんだから。面白い話が聞けるかも……」

「……マジで⁉」

柊《ひいらぎ》ところの担当編集が、千代田《ちよだ》先生の夫⁉

「うん、マジだよ。だから、わたしが千代田《ちよだ》先生と最初に会ったのは、まだ宮前《みやまえ》の先生になる前だったの。野々村《ののむら》さんの彼女のももちゃんとして会ったから、今もなんか不思議な感じで……」

なんだその偶然！　世の中狭すぎる……！

……いやでも確かに、以前そんな話をどこかで聞いたような気もするな……。

柊《ひいらぎ》さんと千代田《ちよだ》先生は、前から知り合いだった、みたいな話を……。

それにしても……気になる。

あの千代田《ちよだ》先生がどんな人と結婚したのか、ちょっと気になる……。

ただ、そんな僕以上に、

「えええ！　それすごい！」

酷《ひど》く興奮している者がいた。

――春珂《はるか》だった。

彼女は身を乗り出し、あからさまにうわずった声で、

「なんかそれ、ちょっと運命感じちゃう偶然だね……。それに、千代田《ちよだ》先生の旦那さん……！　どんな人なんだろ、千代田《ちよだ》先生は、どんな人好きになるんだろ……！」

まるで恋愛もののドラマでも見ているように、春珂《はるか》は目を輝かせていた。

柊《ひいらぎ》さんはくすくす笑いながら、

「野々村《ののむら》さんはね、優しくて面倒見のいいお兄さん、って感じだよ。お姉ちゃんのわがままにも根気強く付き合ってくれるし……」

「へえー、なんかちょっと、わかる気がする……。先生は、すごく優しいタイプの人と結婚しそう。二人はどうやって知り合ったんだろ……」

「学生の頃からの仲みたい。地元が同じだったらしいんだけど、野々村《ののむら》さんは東京、千代田《ちよだ》先生は地元にいたからずっと遠距離で……別れたりくっついたりを繰り返してたんだって……」

「え〜〜！　なんかかわいいー!!　どういうことがあったんだろ……やっぱり、やきもちやいたり不安になったりで、ケンカしちゃったりするのかな……」

クッションを抱き春珂《はるか》はぐりぐりと身をよじっている。

この子は……前からこんな風に、人の恋バナが好きなところがあった。

にしても、普通担任の恋バナでこんなにテンションが上がるかね……。

まあ、僕も野々村《ののむら》さんを生で見てみたい気はするけれど……。

「……よし！」

と、春珂《はるか》は決心した様子でこちらを向いた。

そして――、

「矢野《やの》くん！　わたしたちも出版社に職場体験に行こう！　それで、千代田《ちよだ》先生と野々村《ののむら》さんの馴《な》れそめを、根掘り葉掘り聞いちゃおう！」

「いや、職場体験ってそういうのじゃないだろ」

完全に遊び気分の春珂《はるか》に、こっちも思わず笑ってしまう。

秋玻《あきは》はあんなに生真面目だって言うのに、どうして春珂《はるか》はこうも自由なんだろうな……。

常に堅苦しく考えがちな僕としては、結構本気でうらやましくもなる。

しかも、春珂《はるか》は僕の指摘にもまったく折れない様子で、

「でも、そういうのから始まってちゃんとお仕事も見せてもらえばいいじゃない！　きっかけはなんだっていいんだよ！　大事なのはそのあとでしょ⁉」

「んん……まあ、そうかも」

「他に気になってる職場だってないんでしょ？」

「まあ、なあ……」

「だからほら、行こうよー！」

「……うーん」

そんな春珂《はるか》のテンションに当てられたのか、気付けば僕も前向きな気分になっていた。

なんとなく流れで、という空気なのは否《いな》めないし、将来を見据えてどうこうでは全然ない。

けれど……現実問題、あまり悩んでいる時間もない。この辺が落としどころだろう。

「……じゃあまあ、そうだな、柊《ひいらぎ》さん」

僕は柊《ひいらぎ》さんの方を向き、改めて彼女に頭を下げた。

「僕らも……出版社見学させてほしいです」

「……わかった」

うれしそうに口元をほころばせ、柊《ひいらぎ》さんはこくりとうなずいた。

「一緒に行けて、わたしもうれしいよ。お姉ちゃんに伝えておくね……」

＊

「――そうだ。俺と柊《ひいらぎ》、これから吉祥寺にでも買い物行こうかと思うんだけど」

職場体験の話がまとまり、荷物をまとめてさあ帰ろうと立ち上がったところで。

ふと気付いた表情で細野《ほその》が切り出した。

「矢野《やの》と水瀬《みなせ》さんも、一緒に行かないか？」

「……あ、それいいね」

隣でそれを聞いた柊《ひいらぎ》さんも、ぱっとその顔に笑みをともす。

「考えてみれば、そのメンバーで出かけたことってなかったよね。楽しそうだし、このあと予定がなければ……どうかな？」

言われてみれば、確かにこの四人での行動は珍しいかもしれない。

いつも須藤《すどう》や修司《しゅうじ》も一緒にいたし、僕自身それほど柊《ひいらぎ》さんと話したこと自体がない。

絶対、話は合うだろうと思う。

お互い本好きで、共通の知り合いもたくさんいる。

だから、普段だったら二つ返事で了承するところだけど、

「……いや、今日実は、これからここでやることがあって」

ちょっと残念で頭を掻《か》きながら、僕は二人に答える。

「もしよければ、また誘ってよ……」

「ああ、そうだったの？」

「だったらまあ、仕方ないな……」

納得した様子で、細野《ほその》は一旦うなずくけれど――彼はなぜかそのまま、怪訝《けげん》そうに僕の顔を見る。

「……な、なんだよ？　なんか顔についてる？」

「いや、矢野《やの》、最近なんか……」

細野《ほその》は言葉を選ぶように、短く黙り込んでから、

「……しんどそうだぞ？」

「……え？」

しんどそう？　僕が？

「……全然、そんな自覚はなかったけど」

「顔色もよくないし、なんか、すげえ疲れてる風に見える」

「……本当に？」

別に風邪を引いたり体調を崩したりはしていないし、無茶な勉強や運動をしてるわけでもない。

なのに、疲れてる？　本当に？

けれど、細野《ほその》は妙に強情に、

「マジで大丈夫か？　自分が気付いてないだけで、どこかで無理してないか？」

「……大丈夫だと思うけど。自分のことは、自分でちゃんとわかるだろうし」

「……いや、その言葉が一番心配だな」

細野《ほその》は短く息を吐くと、困ったような顔で笑い、

「ほら、文化祭以降のこともあっただろ。だから正直、矢野《やの》自身の『大丈夫』は、あんまり安心できない」

「……あー」

文化祭で秋玻《あきは》に別れを切り出されて以来、僕は二ヶ月も思考を半ば停止した状態で生活していた。そして僕自身は、そのことにまったく自覚がなかったんだ。

散々みんなに迷惑をかけたし、細野《ほその》が信じられないというのも当然だった。

「それを言われると、申し開きもできないな……」

「だから……矢野《やの》自身、もうちょっと自分の気持ちを感じ取れるようになってくれよ。真面目すぎるからだと思うけど、度を過ぎれば傷つくのは自分だからな」

……一瞬、ちょっと細野《ほその》は怒っているのかと思う。

ぶっきらぼうな口調だし、表情だってイラついているようにしか見えない。

けれど……多分これは、彼なりの最大限の気づかいだ。

細野《ほその》はいつも、他人を気づかうとき必要以上にぶっきらぼうになってしまうことがある。

「……ああ、ありがとう。気を付けるよ」

なんだか笑い出してしまいながら答えると、細野《ほその》は「おう」と、それまで以上にぶっきらぼうに言う。

そしてさらに、消え入りそうな声で、

「……まあ、相談したいこととかできたら、いつでも話してくれよ。なんか、力になれるなら、俺としても頑張りたいし……」

——そんな細野《ほその》を。柊《ひいらぎ》さんはかわいい動物を眺めるような目で、愛おしげに見つめていた。

＊

「――さて」

細野《ほその》たちを玄関まで見送り、部屋に戻ってきて。

僕は深呼吸して気合いを入れ直す。

「ここからが、今日の本題だな……」

「……ええ」

いつの間にか、春珂《はるか》から入れ替わっていたらしい。

秋玻《あきは》はうなずいて、ちょっと申し訳なさそうにこちらを見た。

「ごめんなさい、こんなことに付き合わせて……」

「いいんだよ。僕がしたいと思ったんだ。知りたいと、思ったんだよ……」

「……ありがとう」

うなずくと、秋玻《あきは》は本棚に手を伸ばし収められていたアルバムを一式取り出した。

きっと秋玻《あきは》や春珂《はるか》のこれまでが収められているんだろう、分厚いアルバムが数冊――。

ローテーブルに置かれたその表紙には、それぞれこんな風に書かれている。

・〜幼稚園
・〜小学校
・〜中学校
・〜高校

「これがあると、わたしたちのこれまでがわかりやすいと思うから――順番に見ながら、話をしていきましょう」

――秋玻《あきは》と春珂《はるか》の、これまでを知りたいんだ。

数日前、僕は秋玻《あきは》にそう提案した。

――二重人格のことを掘り下げるのに、力になりたいんだよ。そのために、二人に……秋玻《あきは》にこれまで、何があったのかを教えてほしい。

実はこれまで、僕は秋玻《あきは》と春珂《はるか》の過去のことをほとんど知らずにいた。

家族にトラブルが発生したのは知っていた。

それをきっかけに、秋玻《あきは》が二重人格になったのも知っていた。

けれど――具体的に何があったのか。かつての彼女たちがどんな街に住んで、どんな風に暮らしていた、どんな女の子だったのかさえ知らずにいた。

踏み込んでいいのかわからなかった、というのもあるし……正直に言えば、怖かったんだと思う。

人格が別れるほどの、強いストレス。

その原因が、僕の経験したことのないような不幸であることは間違いなくて。

大切な秋玻《あきは》がそれを経験したと知ったとき――間違いなく、僕は大きなダメージを受ける。

そのことが……怖かった。

それでも、今は知りたいと思う。

秋玻《あきは》と春珂《はるか》の過去に向かい合って、何かを見つけたいと思う。

「――生まれたのは、母の地元でもある北海道《ほっかいどう》の宇田路《うたろ》市だったわ」

『～幼稚園』

と書かれたアルバムを開く秋玻《あきは》。

その一ページ目には――一人の赤ちゃんの写真が収められている。

生まればかりなんだろう、目も開いていない赤ちゃんが、見知らぬ女性に抱かれたり、ベッドに寝かされたりしている――。

「……これが、秋玻《あきは》？」

「うん、なんだか恥ずかしいわね……」

そう言って、唇をもごもごと動かす。

「言われてみれば……やっぱりちょっと、今の秋玻《あきは》と似てるとこがある気がするな」

もちろん、気のせいなのかもしれないと思う。

そこに写っている赤ちゃんは本当に生まれたてで、むすっとした表情もわずかに生えている金色の髪も、今の秋玻《あきは》とは似ても似つかない。

けれど——大きな目に、作りの小さな鼻に、細いあごのラインに、今の秋玻《あきは》と似た色合いを感じなくもない。

「ほんとかなあ。わたしには、ちっちゃい猿みたいに見えるけど……」

そう言って笑いながら、秋玻《あきは》はさらにページをめくり、

「……奈良《なら》出身の父と北海道《ほっかいどう》出身の母は、札幌《さっぽろ》で知り合ったみたい。そのまま父は北海道《ほっかいどう》で就職して、学生時代から付き合っていた母と結婚した。とっても大きくて、元気な赤ちゃんだったんだって。看護師さんも驚いていたって、何度も聴かされたなあ……」

ページには、引き続き赤ちゃん時代の秋玻《あきは》の写真が並んでいる。

退院して家に帰ってきたばかりの様子の秋玻《あきは》。家でベビーサークルの中で遊んでいる秋玻《あきは》。母親の押すベビーカーに乗っている秋玻《あきは》。

なぜか写真に父親は写らないのだけど……ああ、もしかしたらこの写真を撮っているのが、その奈良《なら》出身だという父親なのかもしれない。

画質は綺麗《きれい》だしアングルも凝っているし、そういう趣味のある人だったのだろう。

ページが替わり、幼稚園の制服だろうか。いわゆるスモックを着ている秋玻《あきは》の写真が見え始

める。

「ぼんやり記憶があるのは、このくらいからね……。毎日とっても楽しかった。海と山の間にある町に住んでてね、家族もとっても仲がよくて、こういう日がずっと、毎日続くんだと思ってた……」

海の見える坂道を、母親と手を繋《つな》いで歩く秋玻《あきは》。

水族館だろうか、アシカショーを見て満面の笑みの秋玻《あきは》。

怖かったのか、犬にじゃれつかれて大泣きしている秋玻《あきは》――。

もうこの頃には顔立ちも大分今の秋玻《あきは》に近くて、はっきりと同一人物なのだと見て取れた。

ただ、

「へえ……なんか結構明るくて、元気そうな感じだな……」

写真の中の秋玻《あきは》は、今目の前にいる彼女よりもずいぶんとわんぱくな印象に見えた。

もちろん、時折今のような物憂《ものう》げな表情を見せている写真もあるけれど、全体としては明るい女の子、という印象だ。

「だって、まだ幼かったんだもの……」

なぜか申し開きでもするように、秋玻《あきは》は唇を尖《とが》らせている。

「色々起きる前だったし、何も知らなかったしね……。けど……」

『～幼稚園』のアルバムが終わり、秋玻《あきは》がページを閉じる。

そして次に――『～小学校』のアルバムを手元に置くと、

「……ここで、色々あったのよね」

表情をわずかに曇らせ、秋玻《あきは》はふうと息を吐いた。

――小学校。

いつか春珂《はるか》が、『七年前に、秋玻《あきは》の中にわたしが生まれた』と言っていた。

つまり――九歳から十歳頃。小学校四年生前後に、彼女の身に大きな変化があったことになる。

このアルバムの中には、その頃の秋玻《あきは》の――そして春珂《はるか》の写真が、収められている。

「……じゃあ、見てみましょうか」

僕の緊張感が伝染したのか。秋玻《あきは》もやや硬い声色で、そのページをめくった。

最初に収められているのは――入学式の日の写真だ。

重厚な作りの小学校の前、『〇〇年度入学式』と書かれた看板の前に、秋玻《あきは》と母親が笑顔で立っている。

それ以降も――しばらくは幼稚園の頃と変わらない、明るい写真が並んでいた。

運動会中、レジャーシートの上でお弁当を食べている秋玻《あきは》。

夏祭りで浴衣《ゆかた》を着ている秋玻《あきは》。

遠足だろうか、山の上でリュックを背負っている秋玻《あきは》。

そのすべてが無邪気でかわいくて、身構えてしまっていた分その長閑《のどか》さにほっとする。

そして――面白い写真を見つけた。

「あ、これ……」

――転んでいる写真だった。

公園で遊んでいる途中だったのか、滑り台の前で見事に転んでいる、まさにその瞬間の写真。

「……ひどいよね、こんな写真残してるなんて」

秋玻《あきは》は不満げに唇を尖《とが》らせる。

「ていうか、なにもこんな瞬間をカメラで収めなくてもいいのに……」

「あはは、でも面白いじゃない」

アルバムを手に取り、僕はその写真をマジマジと眺める。

「すごい良《い》いタイミングでシャッター切ってるな。へー……この頃から、春珂《はるか》はドジだったんだなあ……」

――数秒、リアクションが返ってこなかった。

どうしたのだろう、と秋玻《あきは》を見ると、

「……矢野《やの》くん」

彼女は驚いたような、それこそ豆鉄砲でも喰《く》らった鳩《はと》みたいな目で、こちらを見ている。

そして、未《いま》だに信じられないような声色で、

「このときは――まだ春珂《はるか》は生まれてないわ」

「……あ」

――確かに、映っている女の子は明らかに小学校低学年だ。

春珂《はるか》が生まれたのが中学年の頃であれば、この写真は間違いなく秋玻《あきは》なわけで――。

僕は、とんでもない勘違いを――、

「……ご、ごめん！」

あわててそう謝った。

「な、なんか、見間違えちゃって……転ぶといえば春珂《はるか》ってイメージがあって、それで……」

「……あ！　あのね、わたしも怒ってるわけじゃないの！」

我に返った様子で、秋玻《あきは》はそう言って首を振る。

「けど……そうか、って。矢野《やの》くんは、この写真……春珂《はるか》に見えたんだって……」

じっと写真を見て、考え込む秋玻《あきは》。

……どうしたんだろう。

秋玻《あきは》は一体、それのどこが引っかかったんだろう……。

本人の言うとおり不機嫌になったとか不愉快だったとか、そういうことではないらしい。

じゃあ、僕の勘違いのどこに、秋玻《あきは》は何を思ったんだろうか……。

「……ごめんなさい。先にいきましょう」

咳払《せきばら》いして、秋玻《あきは》はページを進める。

確かに、問題はこの先だ。

まずはそれを、きちんとこの目で確認したい。

そして──、

「……ここね」

──あるページをめくったところで、秋玻《あきは》は深い息とともに、そう言った。

「この写真と、この写真の間で……家に、色々あって」

指差した、二枚の写真。

そこには──僕が見てはっきりとわかるほどに、大きな変化があった。

まず。先に示された写真。変化の起きる前。

今までの写真とそう大差ない、自宅のソファでジュースか何かを飲んでいる秋玻《あきは》。のんきで明るい表情も、それまでの彼女のとおりだ。

けれど──次の写真。

「……結構、間が空いてるよね？」

そこに写っているのは、一つ前よりも明白に、少し成長した秋玻《あきは》だった。

これくらいの子供がどれくらいの速度で大きくなるのかはわからないけれど──その前の写真のちょっとあと、くらいではないことはわかる。

「うん、そうね……」

思い出すように口元に手を当て、秋玻《あきは》はうなずく。

「確か、一年くらい経《た》ったのかしら……。その間、写真を撮る余裕なんて、全然なかったから……。色々あって、春珂《はるか》まで生まれて、検査やらなんやらで大忙しで……」

「そう、か。一年か……」

となると、ここに写っている秋玻《あきは》は小学五年生。

それだけの期間が空いたのなら、さすがにこれだけ成長するのもうなずける。

ただ、それ以上に、

「……完全に、秋玻《あきは》だな」

北海道《ほっかいどう》の空港だろうか。

その構内に佇《たたず》む秋玻《あきは》は——怜悧《れいり》な顔に落ち着いた表情。

どこか儚《はかな》げで凛《りん》とした立ち姿の少女——。

見間違うはずもない。今目の前にいる秋玻《あきは》であることが、はっきりとわかる女の子だった。

それまでの、無邪気な一面はまったく見えない。

はっきりと——一枚前の彼女とこの写真の彼女には、大きな隔たりがある。

「……本当にね、全部がめちゃくちゃになったの」

ぽつりと、物語のモノローグでも読むように、秋玻《あきは》がこぼした。

「予想もしてなかったことが起きて、生活が全部変わって……その前まで当たり前だったことが、全部ひっくりかえった。楽しかった生活も、一気にどん底で……それでも、なんとかわたしは耐えなきゃいけないと思った。……ううん、一人で耐えるだけじゃダメ。わたしが、誰かを支えられるようにならなきゃって……」

秋玻《あきは》がページをめくる。

次の見開きにも、一面秋玻《あきは》の写真が収められていた。

北海道《ほっかいどう》らしい道を歩いている秋玻《あきは》。

病院にいる秋玻《あきは》。

そして——東京らしい都会にいる写真もいくつかある。

それを見ていて、僕は写真自体に起きた変化に気付いた。

まず、撮影の仕方が変わった。

素人《しろうと》だから細かくは言えないけれど、フラッシュの焚き方やピントの合わせ方が、以前と大きく違う気がする。有り体に言えば——前よりも、ちょっとヘタになった印象。

もしかしたら……撮影者が変わったのかもしれない。

そして、もう一つ——気付いてしまったこと。

——母親が、写らなくなったのだ。

それまで、何枚かに一枚のペースで写真に収まっていた秋玻《あきは》の母親と覚しき女性。

彼女の姿が、変化以降一度も見当たらない——。

「……何が、あったんだ?」

恐る恐る、僕は尋ねる。

「このとき、秋玻《あきは》と家族に……何があったんだよ?」

——いくつか、予想は浮かんでいた。

幸せそうな家庭に起きる、不幸な変化。

当たってはいなくとも、そう外してもいないだろうと思う。

それでも——鼓動が高鳴った。僕の予想なんて遙《はる》かに上回る悲劇が起きていたのかもしれない。耳をふさぎたくなるような辛《つら》いことが、秋玻《あきは》の身に降りかかったのかもしれない。

それを覚悟して——僕は心の中で、できる限りの耐衝撃姿勢を取る。

けれど、

「……」

秋玻《あきは》はなぜか、ふいに視線を落とす。

そして——ずいぶんと長い間、黙り込んでから、

「……ごめんなさい。話すつもりだったんだけど……」

彼女は自分を責めるような口調で。

息の詰まるような声で、ぽつりとそう言った。

「……ちょっと、今はやっぱり……難しいかも……」

――見れば、その顔は必死に何かをこらえているようで。

切羽詰まった、ギリギリのところで何かを抑えこんでいるような表情で――、

「……そっか」

できるだけ優しい声を心がけて、僕はそう言う。

「なら大丈夫だよ。ていうかごめん、こんな無理に、話させるようなことして……」

「ううん、あの、本当に……こんなつもりじゃなくて」

手をひらひらと振り、秋玻《あきは》は言葉を続ける。

見ればその目は――今にもこぼれてしまいそうなほどに涙で潤んでいた。

「当時のことは、今もまだ辛《つら》い思い出で……。変に話して、動揺しちゃったら……わたしたちのバランスにも、影響しちゃいそうだし……」

「……そうか、そうだよな」

言われてみれば、そのとおりだ。

秋玻《あきは》と春珂《はるか》の中で、当時の傷はまだまだ癒えきっていないんだろう。

それを無理に話せば、今の安定状況を崩すことにもなりかねない。

だとしたら――無理に聞き出すことは絶対にしたくなかった。

ざっくりと、その頃のことがわかれば十分だ。

「本当にごめん、辛《つら》いこと思い出させようとしちゃって……。細かいことは大丈夫だから、当時の雰囲気がなんとなくわかるだけで十分だよ」

「……ありがとう」

顔を上げると、秋玻《あきは》はようやくほっとしたように笑う。

そして、目元を指で拭ってから、

「いつか、話すから……。矢野《やの》くんには全部明かすから、そのときまで、待っていて」

「ああ、わかったよ」

「……ふぅ。……それでね」

一つ大きく呼吸をして、秋玻《あきは》の視線がアルバムに戻った。

「この頃のわたしは……弱い自分を隠すようになったの。強くあろうとして、全部を受け止めようとして——けど、限界が来た。もうダメだと思った。生きていけないと思った……。そのときに生まれたのが——春珂《はるか》だった」

ページをめくると——そこには、新しい色合いが生まれていた。

——病院のベンチで大泣きしている彼女。

——医師か何かだろう、大人の女性に甘えるように抱きつく彼女。

——幸せそうな顔で、お菓子をほおばっている彼女。

そして——何かの施設の中で、転んで泣いている彼女。

それは——明らかに春珂《はるか》だった。

この時期の秋玻《あきは》が、明白に今の彼女に繋《つな》がっているように。その写真の中にいる抜けていて、どこかのんきそうな女の子は——どこからどう見ても、僕の知っている春珂《はるか》そのものだった。

「……ふふふ……」

ほほえましげに、秋玻《あきは》がページをめくっていく。

「春珂《はるか》は……本当に、いつ見ても春珂《はるか》よね……」

写っている写真には、もうはっきりと二人の差が見て取れた。

生真面目で張り詰めた——今よりも張り詰めてさえ見える秋玻《あきは》と、そんな彼女と身体《からだ》を共有しているとは思えないほど、自由で無邪気で、そして弱さが剝《む》き出《だ》しな春珂《はるか》。

「……あの子は、わたしができなかったことを全部してくれたの」

ページを繰りながら、秋玻《あきは》は話を続ける。

「あの子は、わたしの代わりに泣いて甘えて大騒ぎして、助けを求めてくれた……。わたしの辛《つら》さを大々的に周りに訴えて、状況を変えてくれた……」

彼女のめくるページの先。

それまでの写真が帯びていた切羽詰まった雰囲気が、少しずつ緩んでいく。

「あの子のおかげで、味方が増えた。助けてくれる人も、支えてくれる人も集まり始めて……

問題が本当に解決したのは、中学の終わり頃ね。まあ、あまり学校には行けてなかったんだけど……」

秋玻《あきは》は『～中学校』のアルバムを手に取る。

開かれたページには、それまでよりもちょっと成長した二人の姿があった。

中学のものだろう、見知らぬ制服を着てどこかの施設にいる二人。

院内服みたいなものを着て、看護師らしい人たちと笑っている二人。

そして――、

「こ、この人は……」

ここに着て――ようやく僕は、視界のどこかでずっと探してた人と覚しき姿を見つける。

「この人が……秋玻《あきは》と春珂《はるか》の、お父さん？」

――山男、というのが最初の印象だった。

背が高く恰幅《かっぷく》がよく、そのうえ顔立ちまでずいぶん豪快な印象の男性――。

白衣をまくった腕は毛むくじゃらで、短く刈られた髪は漁師っぽくもあって――決して、秋《あき》玻《は》、春珂《はるか》とは似ていない。

けれど、

「ずいぶん、仲良いんだな」

その男性と、笑顔で身を寄せ合っている春珂《はるか》――。

これはどう見ても他人ではない。家族特有のくったくない表情だ。

「うん、そうだよ……」

案の定、苦い顔で笑いながら秋玻《あきは》がうなずく。

「なんか、矢野《やの》くんに見られるのって……恥ずかしいんだけどね。すごく過保護だし……」

めくったページの先、そこには秋玻《あきは》、春珂《はるか》とお父さんが二人で写っている写真も何枚かあった。

秋玻《あきは》と肩を組み豪快に笑うお父さん。

似合わないスーツを着て、文化祭のため飾り付けられた正門前で春珂《はるか》と並ぶお父さん。

そして――卒業式だろうか。胸元にリボンをつけた秋玻《あきは》の横で、派手に号泣しているお父さん……。

そのすべての写真で秋玻《あきは》と春珂《はるか》は困ったような――それでもどこかまんざらじゃないような笑顔を浮かべていた。

「……良《い》いお父さんみたいじゃないか」

なんとなく、二人のお父さんは、繊細な人をイメージしていた。

文系で、優しくて穏やかで、本や音楽や映画が大好きなお父さん――。

写真で見たお母さんの顔立ちがあまり似ていなかった分、二人は父親似なのかな、とも思っていた。

けれど……まさかこんな人だったなんて。

それでもなんとなく、相性が良さそうな気もした。

春珂《はるか》はこういう人に無邪気に甘えそうだし、秋玻《あきは》だって内心頼りにしそうな印象——。

「……うん、そうね」

そして実際、秋玻《あきは》はそう言ってうなずく。

「本当に、とても良《い》いお父さんよ……。この人のおかげで、わたしたちの問題は解決したようなものだし……」

秋玻《あきは》は最後に『～高校』と書かれたアルバムを手に取る。

ページをめくるも、写真は最初の方にだけ収められているみたいだ。

どうやら、東京に来てからの写真はまだ整理されていないらしい。

だから、そこにあるのは施設の中にいるらしい秋玻《あきは》、春珂《はるか》の写真と——引越準備の写真だった。

それまで暮らしていた家が片付けられていき、最後には家族全員で、その戸建ての前で写真を撮っている。

写真は二枚。片方は秋玻《あきは》が穏やかな笑みで、もう片方は春珂《はるか》が今にも泣き出しそうな顔で写っていた。

つまりこれは——僕と出会う前、最後の写真。

始業式の朝、教室で鉢合わせる、ほんの少し前の二人——。

「──このあとのことは、矢野《やの》くんも知ってるわよね」

ページを閉じ、秋玻《あきは》はこちらを向いた。

「わたしと春珂《はるか》は、矢野《やの》くんに出会って恋に落ちた。そして──今は同じだけ、大切にしてもらってる……」

「……なる、ほど」

──彼女たちのこれまでを知り終えて。

二人が過ごしてきた雰囲気、当時の景色を垣間見《かいまみ》て──まずはシンプルに、感慨深い気分になっていた。

二人は僕にとって、大切な存在だ。

そんな彼女たちの幼い頃を知ることができたのが、とてもうれしい。

そして──、

「秋玻《あきは》と、春珂《はるか》──」

何か、摑《つか》めそうな気がした。

秋玻《あきは》の中に、春珂《はるか》が生まれた意味。

秋玻《あきは》にとって、春珂《はるか》とは何なのか。

春珂《はるか》にとって、秋玻《あきは》とは何なのか。

過去の二人を見て、自分の中で何かが摑《つか》めたような気が──。

＊

アルバムを改めて見返していると、

「……ねえ、矢野《やの》くん」

それまでとは、色合いの違う声で秋玻《あきは》が僕を呼ぶ。

驚き顔を上げると——彼女はなぜか少し怒ったような、不安そうな表情でこちらを見ていた。

完全に思考の途切れた僕は、

「……ど、どうした？」

なんて、声を裏返してしまいながら尋ね返した。

「念のため、確認なんだけど……」

秋玻《あきは》は前置きして、しばらく口ごもってから、

「その……春珂《はるか》とは、どこまでした？」

「……え？」

「あの子のことも、わたしと同じだけ大事にしてるでしょう。だから……きっと、何かしてると思うの。抱きしめたり、キスしたり……もしかしたら、それ以上のことも」

そして、秋玻《あきは》は探偵のような顔つきで僕の目を見て、

「具体的に言えば……先週の、木曜の放課後」

——声を上げそうになった。

木曜の放課後——。

春珂《はるか》に乞われて、彼女の身体《からだ》を触った日——。

わけのわからない罪悪感が芽生える。悪事を見つかったときのようなばつの悪さ。

そんな風に感じる必要はないのかもしれないけれど、それでも当たり前のような顔でいることなんてできない。

表情の変化は、秋玻《あきは》にもバレバレだったようで、

「……どこまでしたの」

核心に満ちた目つきで、秋玻《あきは》は追及してくる。

「最後までは、してないよね。何をしたの……？」

「あ、秋玻《あきは》と同じだけだよ！」

どこか言い訳がましく、僕は答えた。

「ほら前に、このマンションの一階でしたくらいの……。ていうか、なんでそんなのわかるんだよ」

「……わかるに決まってるでしょ、同じ身体《からだ》を共有してるんだから」

……そ、そういうものなのか？

誰かと身体《からだ》を共有したことがないからわからない……。

「で、わたしと同じってことは……その……」

秋玻《あきは》はうつむくと、白い頬をあっという間に桃色に染め、

「……む、胸、触るところまで……？」

「……そう、だけど」

「……ずるい」

「なんでだよ⁉　秋玻《あきは》と同じだけだろ……？」

「だって！」

秋玻《あきは》は顔を上げ――必死の表情で訴える。

「わたしがしてもらったの、半年くらい前のことじゃない！　それにあのときだって、無理矢理わたしがさせたようなものだし……」

……それは、確かにそうなのかもしれない。

あのときのことを指して、これは同じだけだから問題ないだろ、というのはちょっと無理があるのかもしれない。

けれど、そうなると……、

「……して」

恨めしそうな目をこちらをにらみ、秋玻《あきは》は言う。

「今、わたしにもして……」

頬を完全に真っ赤にして、恥を忍ぶようにしてそう言う秋玻《あきは》。

こうなれば——もう、しないわけにはいかない。

春珂《はるか》にしたように、秋玻《あきは》の胸を触らなければいけない——。

——気持ちが複雑に渦巻いていた。

同じように扱わなきゃいけない、という使命感と、ごくシンプルに、秋玻《あきは》の胸に触りたいという気持ち。

こんな状況になっても——僕は秋玻《あきは》に対して、強烈に性欲を覚える。

その膨らみに触れたいし柔らかさを確かめたいし、できることなら直接それがどんなものなのか見てみたい。

本当は裸だって見たいし胸に触る以上のことだってしたいし……口に出せないような卑猥《ひわい》なことだって、してみたい。してもらいたい。

だから正直に言えば——この状況は、僕にとってどこまでも都合がいい。

誰かのせいにして、身勝手に自分の欲望を満たすことができる——。

なのに、

「……」

……この気持ちはなんだ？

この状況を、単純においしいとは思えない。

幸せだともうれしいとも思えない。それは……一体なぜなんだ？

……そうは言っても。

「……うん」

この流れを止めることはできない。

今さら秋玻《あきは》の希望に、待ったをかけることはできない――。

うなずくと、秋玻《あきは》はうれしそうに、恥ずかしげに口元をほころばせる。

そして、僕の隣に腰掛けると身体《からだ》ごとこちらを向き、静かにうつむいた。

そんな彼女に――僕は。

その胸の膨らみに、僕はゆっくりと手を伸ばし――

「――ただいまー」

――声がした。

玄関の方から。

年上の女性の声。次いで、ドアの閉まる音――。

――誰かが、帰ってきた。

「……お、おかえりなさい！」

ビクリと身体《からだ》を震わせ、一瞬の間を開けてから秋玻《あきは》が声を上げた。

「ああ……秋玻《あきは》、いるの？」

「う、うん……！　お、お母さんこそ早かったね！」

「ええ、残ってた片付けとか仕事とか、笠原《かさはら》さんが全部やってくれるっていうから……」

……どうやら、母親が仕事か何かから帰ってきたようだ。

今日は遅くなるはず、と聞いていたけれど、その予定が変わったらしい。

にしてもまさか、こんなタイミングでなんて……。

そして……、

「……あら、この靴」

玄関から、つぶやくようなそんなセリフが聞こえた。

「秋玻《あきは》、どなたかいらしてるの……？」

焦《あせ》りの表情で、秋玻《あきは》が僕の方を見る。

どうやら、僕が来ることは事前に説明していなかったらしい。

……こうなれば、仕方がない。

逃げも隠れもできないし、できるだけ自然に正面突破をするしかない――。

「はい、あの、お邪魔してます！　水瀬《みなせ》さんと同じクラスの矢野《やの》と言います！」

反射的に背筋を伸ばしながら、僕は声を上げた。

「今、ご挨拶に上がりますので……！」

*

「……まあ、あなたが矢野《やの》くん」

あわてて向かったリビングにて。

緊張でカチコチになりながら一通り挨拶を終えると——秋玻《あきは》、春珂《はるか》の母親は。アルバムにも何度も写っていた彼女は、ペットを前にした飼い主みたいに破顔してみせた。

「いつも話は聞いてますよ……本当にありがとう。秋玻《あきは》と春珂《はるか》にとても優しくしてくれているみたいで……」

秋玻《あきは》、春珂《はるか》とは似ていないものの、上品で穏やかで、繊細そうな顔立ち。

声も仕草も物腰柔らかくて、なんだかちょっとした女優さんみたいだった。

そんな人に深々と頭を下げられたのが、なんだか酷《ひど》く恐縮で、

「いえそんな、とんでもないです……！」

答えながら、僕はぶんぶんと首を振った。

「僕の方こそ、二人には良くしてもらっていて……」

……正直、アルバムを見たときには、この人の身に何かが起きたのかと思っていた。後半は写真に写らなくなっていたし、もしかしたら……本当に不幸なことが、起きてしまったのかもしれないと。

けれど、こうして見る二人のお母さんは、疲れこそ顔に滲《にじ》ませつつも十分に元気そうで、例えば重い病気にかかっていたり、かつてかかっていたようにはあまり見えなくて……まずはそれを不思議に思う。

そのままお互いダイニングに腰掛け、僕自身についてや学校での秋玻《あきは》、春珂《はるか》について話をする。

その途中で秋玻《あきは》から春珂《はるか》に入れ替わったのだけど、目覚めたら目の前にあった光景がよっぽど意外だったらしい、

「え、えええええ!?　これ、どういう状況……!?」

なんて、春珂《はるか》は愕然《がくぜん》としていた。

「もしかして、夢……!?　え、これ、現実なの……？」

会話を続ける中で、わかったことがいくつかあった。

例えば、どうも秋玻《あきは》も春珂《はるか》も僕らの関係については深くは話さず、一番仲の良《い》いクラスメイト、くらいの感じで母親には話しているっぽいこと。

……まあ、一番仲が良《い》いと挙げられた相手が男子だった時点で、お母さんとしては『何かあ

る』と察知していたようなのだけど。

そして、

「そう、じゃあ今は春珂《はるか》も秋玻《あきは》も、たくさん友達ができたのね……本当によかった」

「ねえお母さん、もうやめようよー……」

再び秋玻《あきは》に入れ替わる直前くらいまで、たっぷり三十分近く話したところで。

春珂《はるか》がテーブルにどてーっと身体《からだ》を伸ばして言う。

「そんなに根掘り葉掘り学校のこと聞かれたら恥ずかしいよー。もうわたしたち、部屋に戻っていい？」

「ちょっとくらいいいじゃない。ずっとわたし、矢野《やの》くんとお話ししてみたかったんだもの……」

そして、お母さんはこちらを見ると、幸せそうに目を細め、

「……本当に、いい男の子なのね。わたし、安心したわ……」

——その言葉に。

彼女の心底ほっとしたような声に——ずどんと罪悪感が募った。

さっき話しているときから……いや、本当は顔を合わせたときからそうだったんだ。

この人がほめてくれるたび、感謝してくれるたびに、何か騙《だま》してしまっているような申し訳なさを覚える。

「いやいや、僕はそんな、大したあれじゃないです……」

きっとそれは……今の秋玻《あきは》、春珂《はるか》との関係が原因なんだろう。

二人どちらもと、恋人のように接してしまっている自分。

抱きしめたりキスしたり、身体《からだ》を触ったりしてしまっている自分。

本当に必要なことではあるんだ。そうしなければ、春珂《はるか》はいつか消えてしまう。

それでも、そんな関係性のまま二人の母親に会うのは……そのうえほめられてしまうのは、妙にずるくて、嘘《うそ》をついているような気分になった――。

*

「――じゃあ、また遊びに来てくださいね」

その日の帰り、お母さんは僕を見送りに玄関まで出てきてくれた。

「次の機会には、この子たちの父親にも紹介したいわ……。それから、今度はお茶やお菓子を用意しておくので――」

「――だから――！　もういいって――！」

珍しくぷりぷり怒りながら、春珂《はるか》が母親の腕にしがみつき声を上げた。

「お父さんにまで会わせたら矢野《やの》くん緊張しちゃうでしょー！　両親に会うって、なんかちょっとあれだし……もうほっといてよー！」

「いいじゃない！　お父さんだって、いつかお話ししたいなって言ってたのよ！」

「でもあんな大男に会わされたら矢野《やの》くんもたまったもんじゃないよー！」

そして、僕はそれを「ははは……」と笑いながら眺めていることしかできない。

「……ともかく」

春珂《はるか》との言い合いを打ち切って、お母さんがもう一度こちらを向いた。

そして、

「いつも、本当にありがとうね。こっちゃんを、大切にしてくれて――」


……こっちゃん？

突然出てきたその名前に、反応が遅れる。

そして――次の瞬間。

お母さんは自分の発言に気付いたのか、あわてたように目を丸くし、何か言おうと口を開いて――、

「もー。お母さん、わたしたちは今は、春珂《はるか》と秋玻《あきは》だよー……」

――それより先に、春珂《はるか》が声を上げた。

「いつの名前で呼んでるのさー。お母さんそんなに、天然ボケだったっけー？」

呆《あき》れたようなちょっと憤慨したような、それまでと同じような口調。

けれど、その軽さに……それが春珂《はるか》のフォローであることが、はっきりと感じられた。

「そ、そうよね……。ごめんなさい」

春珂《はるか》のリアクションにほっとしたような、そしてまだ自分の失言に落ち込んでいるような声色で、お母さんは答える。

「どうしても、前の癖が抜けなくて……」

「別にいいけど、あんまり矢野《やの》くんの前でボケられると、わたしも恥ずかしいよー」

……なるほど、と、僕は理解した。

ああ、その呼び名は……『こっちゃん』という愛称は——秋玻《あきは》と春珂《はるか》が生まれる前。彼女たちの戸籍上の本名からつけられた愛称なんだ——。

＊

週が明けて、月曜日。

「——そう、矢野《やの》くんも町田出版に行くのね。わかりました」

放課後の職員室で、僕から職場体験のプリントを受け取ると、千代田《ちよだ》先生は苦笑する。

「夫の職場に生徒が行くなんて、不思議な気分ね……」

「春珂《はるか》は、野々村《ののむら》さんに千代田《ちよだ》先生との馴《な》れそめを聞くんだって息巻いてましたよ」

「ちょっとやめてよー！　そうなったら矢野《やの》くん、ちゃんと話題を軌道修正してね。あの人、うっかりすると色々話しちゃうかもしれない……」

「ははは、わかりました……」

部活や色々なことで出払っているんだろうか、職員室内に教師の姿はまばらだ。

そんな中こうして千代田《ちよだ》先生と話していると、教師と生徒、という間柄よりも、どこか同じ感覚を持った仲間と、僕より少し長く生きてきた同類と、二人でいるような気分になる。

だから……ふと思う。

最近、自分の中で引っかかっていることについて、千代田《ちよだ》先生の感覚を知ってみたいと。

教師として、一人の人として、僕の考えにどう向き合ってくれるのかと。

この人なら、正面からそれを返してくれるという、信頼もあった。

「……先生」

「ん？」

声色に何か感じ取ったのか、先生はプリントを置いてこちらを見上げる。

そして僕は、言葉選びに少し悩んでから、

「先生は……誠実じゃない恋愛をしたことがありますか？」

「……ふん、誠実じゃないって例えば？」

「例えば……二人を同時に好きになったりとか」

言ってから、あまりにわかりやすすぎる表現だったかと後悔した。

色々と察しのいいこの人のことだ、今のセリフだけで色々と見抜かれてしまったかもしれない。

「……ないかな」

けれど……先生は笑ったり茶化したりせず、

と真面目な顔で答えた。

「わたしは高校のときからずっと、今の夫が好きだったから。別れたりくっついたり、他の男の人に告白されたこともあったけど、気持ちは変わらなかった。誠実じゃないっていうのが、やっぱり色々捉え方はあるけど……多分世間的には、わたしは真面目に恋してきた方ってなるんじゃないかと思う」

「……なるほど」

僕は小さく息をつき、

「高校から……ですか」

「あはは、よく驚かれる。初恋の相手と結婚するなんて、少女マンガみたいだって。確かに、自分でもすごくラッキーだったと思うよ」

それを聞きながら……先生のあまりに純潔な恋愛遍歴を聞きながらなぜか僕は、ちょっと責められているような気分になっていた。

——圧倒的正義が、目の前にある。

けれど、その正義の前にいる僕は、そうなることができなかった……。

そこで——僕はようやく気付く。

自分の中で、上手《うま》く気持ちの整理ができていないことに。

秋玻《あきは》と春珂《はるか》、二人といるためには、二人を大切にすることが必要だった。

そうすると決めたのは自分だし、そのことに納得しているつもりでもあった。

それでも……僕はどこかそこに、罪悪感を覚えている。

そして——どこかで『気持ちを決めることができない』辛《つら》さも、同時に感じている……。

「……まあでも」

と、先生はそこで表情を崩し、

「そんなの、わたしがしたいからそうしただけだよ。やっぱり生きてるとね、そうじゃない恋愛を山ほど見る機会があった。だけどそれも、簡単にダメって言い切れるものじゃないなって、思ったの」

「……じゃあ、旦那さんが他の人を同時に好きになったら、まあそれでもいいかって感じですか？」

「ううん。それは絶対許さないけど。あらゆる手段を使って、矢野《やの》くんには言えないような酷《ひど》い目に遭わせるけど」

「ええ……」

口元は笑っているけれど、目は笑っていなかった。

怖えーよ……。

やっぱりこの人のことは絶対怒らせないよう注意しないと……。

「……でもそれって、矛盾してませんか？　誠実じゃないのが悪いとは言い切れないのに、先生は許せないんですか？」

「問題は、お互いの気持ちだよってこと。わたしたちは、お互いがお互いだけを大事にするって、約束し合ったんだよ。半ば暗黙だけどね。だから、わたしたちはその約束を守るし、破られた場合は怒るの」

……約束。

確かに、そういうものなのかもしれない。

結婚だとか付き合うだとか、結局そういうのは、お互いがお互いだけを大切にするという約束事でしかないのかもしれない。

「けどね……ある人が言ってたんだ。『ひとは、誰とでも寝る「自由」があり、その障碍《しょうがい》になるのは行方不明の神でも、正常さという名の惰性的習慣でもない。ただ、嫉妬だけが怖ろしいという点で、ぼくたちの見解は一致している』ってね」

……そのフレーズには、ぼんやりと覚えがあった。

あれは確か……、

「……寺山修司《てらやましゅうじ》ですか？　『書を捨てよ、町へ出よう』」

「さすがー！　矢野《やの》くんはよくわかってるね！」

うきうきした様子で、千代田《ちよだ》先生は言う。

千代田《ちよだ》先生は僕とこういう会話をしているとき、妙にうれしそうになる。

「……僕としては、そんな一節を暗記できてる先生の方がすごいと思いますけど」

「好きなのよ、ここ。それに、記憶力にも自信があってね。その続き。『道徳などというものは、所詮は権力者が秩序と保身のために作り出すものにすぎないということは、今では知らないものなどいないのだから』も好き」

「……教師が引用するには、ちょっとアナーキーな思想過ぎません？」

「でも、実際そうでしょう？」

うっすらと笑みを浮かべて、千代田《ちよだ》先生は首をかしげる。

「複数人とそういう関係になるのが道徳的じゃないっていうけれど、道徳的って何？　相手が嫌がることをしない、ってこと？　確かに、わたしは夫が浮気《うわき》したらすごく嫌。どうしようもなく嫉妬してしまうもの。そうしないって約束が結婚だったのだし、わたしなりに人生を賭けたその約束を反故《ほご》にされたら、そりゃ命の一つや二つ奪っちゃうよ」

「だから表現がいちいち怖いんですよ……」

せめて慰謝料ふんだくるとか相手と別れさせるとか、それくらいにできませんかね……。

怯《おび》える僕に、千代田《ちよだ》先生は続ける。

「けど、世の中には嫉妬しない人や、嫉妬する上でそれでも二股かけられてもいい、っていう人もいるでしょう？　本人たちがいいなら、それはそれで問題ないじゃない？　もちろん、洗脳だとかそういう方法で、判断力を奪われているならまずいけど、そうじゃないなら止める理由なんてなにもない。運命の人と出会って恋をして結婚して子供を育てる……って流れを理想的とする思想は、ロマンティック・ラブ・イデオロギーなんて呼ばれてて、はからずもわたしはその権化《ごんげ》みたいな生き方をしてきたけど……結局その考えも、歴史の中で生まれたものだもの。別に絶対の正義でもなんでもないわ」

「……なるほど」

確かに……理屈は理解できた。

先生の言うとおり、既存の『理想的な恋愛のあり方』なんて絶対ではないし、両者納得の上ならどんな形の恋愛もありなのかもしれない、とも思う。

それでも……僕の気持ちは、未《いま》だに晴れない。

「でも……なんだか、よくないと思うんですよ。そんな風にしていると、自分がどんどんダメになっていく気がするというか……堕落していってしまう気がするというか」

「……堕落！」

なぜかその言葉を、うれしそうに千代田《ちよだ》先生は繰り返した。

「いいじゃない、堕落すれば！　落ちるときは、ちゃんと落ちきっちゃえばいいんだよ！　その先に見つかったあり方が……きっと本当の、その人のあり方なんだから！」

……その考え方にも、覚えがある。

これは間違いなく、

「『堕落論』ですよね。安吾《あんご》の」

「やっぱりわかるよね、ふふふ……」

千代田《ちよだ》先生は心底楽しそうだ。

実はこの人、周りに話の合う人があんまりいないんじゃないか……？

「でも、これも実際わたしはそのとおりだと思う。お仕着せの道徳を一度呑み込んでみるのも大事だけど、矢野《やの》くんは真面目だからね……。それが自分に合っていないときには、手放してみてもいいんじゃないかなって思うよ」

「……そう、ですか」

その言葉に、考え込んでしまう。

手放してみても、なんて言われたって、ずっと染《し》みついてきた僕の価値観だ、簡単にはなか

ったことにはできない。

　それでも……少なからず、千代田《ちよだ》先生の言葉は僕に響いていて。話す前よりも、どこか心が軽くなっているのを僕は自覚する。

「……わかりました。ありがとうございます。よかったです、先生に相談できて。他に話せるような人もいないし……」

「本当？　ならよかった。こんな話ならいくらでもするから、いつでも相談してちょうだい」

「はい、ありがとうございます……」

「……それにしても」

　と、千代田《ちよだ》先生は僕の顔を覗《のぞ》き込《こ》む。

「矢野《やの》くんは、本当に本が好きなのね……」

　そして、デスクに置いていた職場体験のプリントをもう一度手に取ると、願いごとでも口にするような口調でこう言った。

「……ここでの経験が……町田出版で得たものが、将来に繋《つな》がったりすると面白いんだけどね……」

第二十六章
Chapter.26
【探偵助手】

「――案外、普通というか……」

「どこにでもある感じの、建物なのね……」

――職場体験のために訪れた、町田出版本社ビルの前で。

慣れた様子の柊《ひいらぎ》さん、細野《ほその》の横で、僕と秋玻《あきは》はそのビルを見上げた。

七階建て……くらいだろうか。年季の入った無機質なビル。

『町田出版』と書かれた看板は出ているけれど、例えば書籍の宣伝の垂れ幕だとか、有名キャラクターのお出迎えポップだとか、そういうものはどこにも見当たらない……。

「なんか、出版社って、もっとわかりやすくそれっぽいのかと思ってた」

「まあ、あくまで中堅の会社だからね……」

隣で柊《ひいらぎ》さんが、苦笑しながら言う。

「大手の会社さんだとそういうのもあるみたいだけど、町田はそういう感じではないかも。マンガとかライトノベルも出版してるけど、メインは文芸で落ち着いた印象だし、そういう風に見せたいのもあるのかもね……」

「ああ、なるほどね……」

うなずきながら、ちょっと緊張感が解けている自分に気が付く。

なんとなく、出版なんて手の届かない世界なのだと思っていた。

高学歴で能力のある編集者と、天才的な才能を持った作家が集い、ぴかぴかのビルでヒット作を生み出す……そんな感じなのかと。

けれど、目の前にあるビルはむしろ、僕らが普段通っている宮前《みやまえ》高校の雰囲気とそう変わらない。

こういう場所で、僕の好きな作品がいくつも生まれた――。

そう考えると、なんだかこれまで以上に小説というものに親近感を抱けるような気がした。

「よし、じゃあ行こうか」

柊《ひいらぎ》さんがそう言い、エントランスに向かって歩き出す。

小さく深呼吸すると、僕もその背中についておずおずと歩き始めた。


――受付で宮前《みやまえ》高校の生徒だと名乗ると、入館証を渡され文芸部のある五階へ行ってほしいと告げられた。

慣れた様子でそれを受け取り、エレベーターへ向かう柊《ひいらぎ》さんと細野《ほその》。

「……というか、柊《ひいらぎ》さんは慣れてるのわかるけど、細野《ほその》も結構ここ来てるの？」

「ああ……まあな」

尋ねると、エレベーターの片隅で細野《ほその》は苦い顔をした。

「ほら、あの……俺主人公の小説も出たから。そのとき、結構呼び出されて色々話したんだよ

「あー、あのときか……」

「……」

「ヘタしたら、取材回数はわたしより多かったかも……」

その隣で、柊《ひいらぎ》さんは申し訳なさそうに笑っている。

「わたしは家でも話できるし、それこそ姉妹だから考えてることがなんとなくわかるみたいなんだけど、細野《ほその》くんはほとんど会ったこともない男の子だったしね……お姉ちゃんも、感情を把握するのに手間取ったみたい」

「へえ……そういう地道な努力があって、本って完成するんだな……」

そんな当たり前のことに今さら感慨を覚えているうちに、エレベーターは目的の五階へ到着した。

エレベーターホールを出て編集部前、据え付けられた電話の内線で受付を呼び出す。

ここに来て、改めて緊張感がぶり返してくる。

どんな人が来るんだろう……？

小説やマンガに描かれる編集者は、なかなか癖の強いタイプが多かった気がする。

せめて、怖い人じゃないといいんだけど……。

そんなことを考えつつ、そわそわと出迎えを待っていると――奥の方から、一人の男性がやってきた。

「——やあ、こんにちは。ようこそ町田出版文芸部へ」

見れば——そこにいたのは、ラフな格好の男性だった。

ちょっと高めの背、穏やかで疲れた印象の顔、それでもどこか人なつっこい印象を受ける、柔らかい笑顔——。

彼は僕ら四人の前に立つと、ポケットから名刺入れを取り出し、

「僕が、今日皆さんを案内させてもらう、文芸部所属の野々村《ののむら》九十九《つくも》です。よろしくね」

言いながら——名刺を僕の方に差し出した。

見れば、確かにそこにはこう書いてある。

町田出版株式会社
文芸部　一般文芸課
野々村《ののむら》　九十九《つくも》

——ああ。

この人が、野々村《ののむら》さん——。

柊《ひいらぎ》ところの担当編集にして、千代田《ちよだ》先生の旦那さん。

初めて接する、プロの編集者——。

「は、はい！　頂戴します！　矢野四季《やのしき》と申します！」

あわてて事前に調べておいた作法通り、名刺を受け取った。

「いつも、町田出版の本、楽しく読んでます！　今日は、見学できてとてもうれしいです……」

「お、本当に？　それはうれしいな。どんな風に本ができるか、ゆっくり見ていってね」

「はい……！」

うなずいて、改めてもらったその小さめのカードを眺めてみる。

……うわあ、名刺をもらうなんて初めてかもしれない。しかも、本作りに関わる人の名刺……。

手にしたそれはなんだか宝物みたいに思えて、僕はそれを丁寧に制服の胸ポケットにしまった。

野々村《ののむら》さんは、続いて秋玻《あきは》にも名刺を差し出し、軽く挨拶してから、

「時子《ときこ》ちゃんと細野《ほその》くんには、前名刺渡したよね？」

「はい」「いただいてます」

「じゃあ大丈夫か。なんだか久しぶりだね、一、二ヶ月ぶりかな……」

「ですね、忘年会でお会いして以来かなと……」

――そんなやりとりを聞きながら。

慣れた様子の彼らの会話を聞きながら――なんとなく、しっくり来る感じを覚えていた。

そうか……この人が。

この男の人が、千代田《ちよだ》先生の旦那さんなのか……。

千代田《ちよだ》先生、今でこそ落ち着いた大人の印象だけれど、ところどころでちょっとピーキーな印象を見せることがある。文化祭のときの生放送もそうだし、僕と秋玻《あきは》／春珂《はるか》の関係に関して妙に鋭いところもそうだし、『失恋探偵』なるものをやっていたという過去もそうだ。

そんな彼女の夫になるのがどんな人か、僕は想像がつかずにいたのだけど……こうして野々《のの》村《むら》さんを前にして、理解できた。

そうか、千代田《ちよだ》先生には――こういう包容力のありそうな人が、似合うんだ。

「――よし、じゃあさっそくだけど」

一通り話を終えて、野々村《ののむら》さんは改めてこちらを向く。

「編集部内を案内するよ、みんなついてきて――」

「――ここが、編集部のデスクです」

「お、おお……」

通されたそのフロアに――僕は思わず声を上げた。

ここまでのところ、出版社に来たという実感はあまりなかった。

ビル外観も受付もエレベーターも、普通のオフィスビルと言われても違和感を覚えない作りだった。

けれど、

「ごめんねー汚くて……。いやあ、学生さんが見に来るから、綺麗《きれい》にしようってみんなに言ったんだけどさあ……」

目の前にあるのは——ずらっと並んだ机と、そこに山と積まれた書類たち。

そして、その山の中に埋もれるようにして、パソコンに向かい合っているラフな格好の大人たち——。

——イメージ通りだった。

イメージ通りの編集部が、そこにあった。

しかも、壁にはドラマ化作品、映画化作品のポスターが貼られ、近くの棚には当たり前のように町田出版刊行の書籍たちが積まれている——。

さらには、

「——ここが、僕のデスクなんだけど」

案内された野々村《ののむら》さんのデスク。

他の机と同じく、雑然と書類が積み上げられているのだけど——その中央には作業中だったらしい、プリントアウトされた原稿の束、赤ペンが並んで置かれている。

その一枚目には、仮タイトルと著者の名前があって――、

「……ああ、これ？」

僕の視線に気付いたらしい、野々村《ののむら》さんが笑いながら言う。

「時子《ときこ》ちゃんのお姉さんの、柊《ひいらぎ》ところさんの新作原稿だよ。ちょうど、さっきまで赤入れしていたところだったんだ――」

「お、おおお……」

新作、原稿……。

ということは、まだ世に出ていない作品の原稿、ということだ。

それが今、僕の目の前にある……。

「ほら、こんな感じ」

言いながら、ぺらぺらとページをめくってくれる野々村《ののむら》さん。

「こんな風に、いただいた原稿を確認して、疑問点や改善の提案を赤ペンで書き込んでいくんだ。ところさんはああ見えて、結構意見を欲しがる方だからね。多めに入れてる。人によってはもっと全然少なかったりするし、文芸じゃなくてライトノベルとかだと、これよりずっとたくさん入れるらしいんだけどね……」

――率直な感想として、テストの採点に近いなと思った。

プリントアウトされた書面に、赤いペンでコメントを書き込んでいく。

もちろん、作品か解答かの差はあるし、入れられるコメントの意味もまったく異なる。だけど……なんだろう。なんとなく、これまで別世界の出来事だと感じていた『作品のブラッシュアップ』が、自分にとって決して遠いものではないのだと、僕らにもできそうな作業で行われているのだと感じられた。

「それに特に今回は……ちょっと大きめの変更がありえるからなあ。丁寧に書いておきたかったんだ……」

そういう野々村《ののむら》さんは、出来の悪いテストの採点が終わった教師みたいに、どこか不安そうに笑っていた。

「いい感じに、改稿が進んでくれるといいんだけどね……」

そう考えてみれば――この編集部も職員室に似ているかもしれない。

雑然としているところや、このデジタル化社会で書類の山に囲まれている辺りもよく似ている。

「あと、ところさんとはちょうど、次の新作の話もしてたんだ。チャットソフトで、なんだけど。ほら、次回作は実は、ちょっと伝奇バトルみたいなのやってみたいらしくて。……あ、これは見ていいって許可得てるから、読んでみてもいいよ」

「……で、では……」

言われて、チャットのやりとりをざっと拝見させてもらう。

そこには――ラフな言葉で。

僕らがラインをするような気軽さで、新作について話し合ったログが表示されていた。

どうやら、ところさんは次回作を『大正時代を舞台とした魔法少女もの』みたいな感じにしたいらしい。西荻《にしおぎ》の自宅にあった古い書物を見て、それにインスピレーションを受けたそうだ。

そしてそれに野々村《ののむら》さんは、『それだったら、今回はライトノベルとして出してもいいかもですね』なんて返していた……。

『綺麗《きれい》なイラストをつけてもらって、若い子にも読んでもらえるようにパッケージングして――』

「うおお……」

そんなやりとりに――妙に感慨を覚えてしまう。

これが、物語の生まれる瞬間か――。

こんな風にして、僕が読んできた小説は産声《うぶごえ》を上げるんだ――。

そんな光景を目の前にして。

思ったよりも親しみやすい、出版社の現実を目の当《ま》たり《あ》にして――届かない場所にあった出版が、ぐっと自分にとって身近なものに感じられた気がした。

――その後も、デザイナーさんの机や編集長の机をざっと案内してもらってから、

「よし、じゃあ――質問タイムといこうか」

こちらを向き、野々村《ののむら》さんはそう言う。

「会議室を押さえてあるから、そこで話そう。機密事項以外は何でも答えられると思うから――気になることはなんでも聞いてよ！」

*

――通されたのは、編集部のすぐ隣にある会議室だった。

十人くらいが収まりそうな広いスペース。大きなテーブルの片側に野々村《ののむら》さん、もう片側に僕ら四人、という並びで腰掛ける。

大学生だ、というアルバイトの方がお茶を持ってきてくれたところで、野々村《ののむら》さんが切り出す。

「……さあ、これまで実際の編集部を見てもらって、このあとは、本人の了承が取れれば作家との打ち合わせも見学してもらおうと思うんだけど――」

――作家との打ち合わせ!?

そんなものまで見せてもらえるのか!?

思いもよらない好待遇に、思わず背筋を伸ばしてしまう。

「あ、あんまり期待しすぎないでね……。本当は軽い打ち合わせを見てもらおうと思ったんだけど、ちょっとボリュームあるのになりそうだから……作家側がＮＧを出すかもしれない」

「ぜ、全然構いません！　もしも、見せて頂けるならで……」

一人興奮しながら、野々村《ののむら》さんにそう答えた。

元々ここまで手厚く案内してもらえること自体が、ちょっと想定外なんだ。職場体験の行き先、ここにして本当によかった……。

「よし。じゃあ作家が……ところさんが来るまで、みんなからの質問を受け付けたいと思います。どうかな？　機密事項に関わらないことなら何でも答えるけど……どういう仕事をしているのか、とか入社までの流れとか、聞きたいことがある人はいるかな？」

「……あ、はい。じゃあわたしから」

口火を切ったのは、柊《ひいらぎ》さんだった。

「野々村《ののむら》さんとは、これまでも色々お話をしてきましたけど、町田出版に入社した経緯だとか、理由は聞いたことありませんでしたよね……。どんなことを考えて、野々村《ののむら》さんはここに入られたんですか？」

「町田に入った経緯かあ……」

腕を組み、野々村《ののむら》さんは背もたれに体重をあずける。

「そもそも、高校のときから本が好きだったんだよね。特にミステリが。その辺は、多分今日来てくれた皆さんと全然変わらないと思う。でも、別に出版の仕事に就こうなんて考えてなかったし、自分にできるようなイメージもなかった。でも……ある日、後輩に言われたんだ。『先輩は、将来出版社に勤める気がする』って。それをきっかけに意識して……大学のときの就活で、出版を色々受けてみた感じかな……」

「そ、その後輩って……！」

――いつの間にか、秋玻《あきは》から入れ替わっていたらしい。

春珂《はるか》が目を爛々《らんらん》と輝かせて、野々村《ののむら》さんの発言に食いつく。

「も、もしかして……千代田《ちよだ》先生ですか⁉」

……春珂《はるか》、さっそくそこに切り込むのか。

なんだかんだ言って実際は遠慮するかと思っていたけれど、どうやら本気で野々村《ののむら》さんたちの恋バナが聞きたいらしい。

「……鋭いなあ」

春珂《はるか》の読みに目を丸くしてから、野々村《ののむら》さんは恥ずかしげに頭を掻《か》く。

「まあ、そうだよ……。ある日百瀬《ももせ》に急にそんなこと言われてさ、なんかその気になっちゃって……」

……百瀬《ももせ》、か。野々村《ののむら》さんは千代田《ちよだ》先生のことをそう呼んでるんだな。

夫婦なんだし当然なんだろうけど、なんだか慣れなくてちょっとくすぐったい。

「そ、そのときはもう、野々村《ののむら》さんと千代田《ちよだ》先生は、お付き合いはされてたんですか⁉」

「え、ええ……どうだったかな。多分付き合ってないと思うけど……」

「じゃあ、馴《な》れそめとしてはどんな感じで――」

「――あの！」

さすがに突っ込み過ぎだ……！

あわてて僕は質問をかぶせる。

「具体的に、出版社に入るための勉強とかは、高校大学にかけてされましたか？　何かそういう、編集のワークショップに行ったりだとか、文芸の批評ブログをやったりだとか……」

「いや、そういうのはしなかったかな……」

あごに手を当て、野々村《ののむら》さんは思案顔になる。

「それなりに勉強を頑張って大学は比較的いいところに入るようにしたし、学部も文学部を選んだけど……そこまで編集になることを最初から目指してた感じではないよ」

「じゃあ、大学でも文芸創作を学んだ、というわけではなく、広く文学全般を勉強されたんでしょうか？」

「うん、専門は日本文学だったけど、基本的には幅広くだったね。編集になることは頭の片隅にはあったけど、ごく普通の大学生だったと思う――」

「――大学でも、千代田《ちよだ》先生と同じ学部で、同じサークルだったんですよね⁉」

——懲りずに春珂《はるか》がカットインしてきた。

「当時の千代田《ちよだ》先生って、どんな感じでしたか⁉　今みたいな、落ち着いたお姉さんでしたか⁉」

「ええ、これ進路の話全然関係ないよね……」

野々村《ののむら》さんが苦笑する。

けれど、質問自体を無下にするつもりはないようで、

「百瀬《ももせ》は……いやあ、当時は全然今みたいに落ち着いてなかったよ。ちょっと変なヤツで、ツンツンして難しくてさ……。だから、そばにいないと心配だ、ってところがあったのかもね」

「ほうほう！　じゃあその心配が高じて、恋仲になったと⁉」

「……まあ、そういうところはあるかな……」

「何度も付き合ったり別れたりしたそうですけど、どんな理由でですか⁉　まさか、浮気《うわき》とか……⁉」

「いやいや、そういうのはなかったけど……単に遠距離な時期も長かったからね、百瀬《ももせ》としては心配になって、うわーんってなっちゃうこともあったみたいで……」

「じゃあ、そんな野々村《ののむら》さんが千代田《ちよだ》先生との結婚を決意されたのは——」

「——ちょ、ちょっと待って！」

そこに来て——ようやく野々村《ののむら》さんがそんな声を上げた。

見れば……彼は頬をわずかに染め、

「あの……百瀬《ももせ》の話は、それくらいで勘弁してもらえるかな……。僕もちょっと……恥ずかしいので……」

「えー！」

春珂《はるか》が不満げに口を尖《とが》らせる。

「じゃあ、最後に一つだけ……！」

「……なんですか？」

やれやれ、といった表情の野々村《ののむら》さんに、春珂《はるか》は質問を厳選するようにうーんと眉間にしわを寄せてから。

これだ！　と言いたげな顔で、野々村《ののむら》さんにこう尋ねた。

「……プロポーズは、どんな言葉でしたか⁉」

――野々村《ののむら》さんは、もはや声も出ない様子でテーブルに静かに突っ伏した。

＊

——なんだか、少し未来が見え始めた気がしていた。

ずっと大好きだった物語たち。そしてそれを生み出している出版業界。

そのすべてが、遠い世界の話なのだと思っていた。

自分には縁がなくて、当然届くはずのない業界で……だからこそ、そこで働くだとかそういうことは、微塵《みじん》も考えていなかった。

けれど、こうして垣間見《かいまみ》た町田出版は、どこかとても親しみやすい職場で。

そして、そこで働く野々村《ののむら》さんも、春珂《はるか》の質問にたじたじになるような気さくなお兄さんで——。

可能性の一つとして。

頭の片隅に留《とど》めておく進路の一つとして、出版業界を考えてもいいのかもしれない、なんて思い始めていた。

だから——、

「——やあ野々村《ののむら》くん、お待たせ」

——質問タイムの直後、会議室にやってきたその女性。

黒髪に黒いワンピースに黒いパンプスという、全身黒のコーディネートで現れた作家、柊《ひいらぎ》ところ。

彼女と野々村《ののむら》さんの打ち合わせを見せていただくに当たって——できるだけたくさんのこと

を吸収したいと、僕は意気込んでいた。

いや、吸収するだけじゃない。

もしかしたら……意見だって言えるかもしれない。

一読者として、ところさんや野々村《ののむら》さんが思い付かなかったアイデアを思い付いて、それを重宝がってもらえるかもしれない——。

——自分だけ将来の展望がなかった焦《あせ》りもあってか、僕はこの展開に大きなチャンスを感じ始めていた。

「こんばんは、時子《ときこ》、細野《ほその》くん。二人にここで会うのは、久しぶりだね。それから……」

言って——柊《ひいらぎ》ところはこちらを見る。

その眼光の底知れなさに、なぜか僕はちょっと恐怖を覚える。

「矢野《やの》くんも久しぶり。夏休み以来だろうか。そしてそちらの子が、噂《うわさ》の水瀬《みなせ》さんだね」

「ど、どうも、お久しぶりです……!」

「はい、はじめまして！　水瀬《みなせ》です……」

確かに……僕とところさんは一度だけ顔を合わせたことがある。

あれは確か夏休み、みんなで宿題をやろうと柊《ひいらぎ》さんの家に集まったときだ。ミステリアスながらもちょっとお調子者な彼女には、あのときもずいぶんと困惑させられた。ちなみにあの頃、秋玻《あきは》と春珂《はるか》は地元の病院に検査入院をしていたから、今回が初対面となる。

「……こんなに大勢の前で打ち合わせするのは、初めてだな」

照れくさそうに言って、彼女は野々村《ののむら》さんの向かいに腰掛けた。

「まあ……とはいえ仕事は仕事だ。いつも通りよろしく頼むよ、野々村《ののむら》くん」

「ええ、ちなみに大丈夫ですか？　本当にお見せしちゃって」

最後の確認なんだろう、真面目な口調で野々村《ののむら》さんは尋ねる。

「結構話し合いが必要そうな変更点もあるんですけど、宮前《みやまえ》の皆さんにお見せしても、問題ないですか？」

「いいに決まっているさ」

余裕の笑みを浮かべ、ところさんはうなずく。

「良《い》いところも悪いところも含めて見てもらうのが、きっとためになるだろう？　まあ、カッコいい姉の姿を、とくと見ていっておくれ、時子《ときこ》」

そう言うと、ところさんは柊《ひいらぎ》さんの方に小さくウインクをしてみせた。

野々村《ののむら》さんはそれに苦笑すると、

「では、いつも通りいきますか。よろしくお願いします」

「ああ、よろしく」

——そんな短い挨拶をして、打ち合わせが始まった。

今回打ち合わせ対象となったのは、先ほど野々村《ののむら》さんのデスクにあった柊《ひいらぎ》ところの新作だ。見ればそれは、去年中頃に出たタイトル『十六進法の花』の続編らしい。

デジタル世界にどっぷりで生きてきた女の子と、そういうものを毛嫌いして生きてきた女の子の不思議な友情のお話で、前作のラストから直接続く内容になっているようだ。

ところさんを待っている間、手元に配ってもらった原稿のコピーをざっと眺めて内容は把握済みだ。前作はすでに読んでいるから、キャラの関係性の変化や何が起きているかはすぐに見て取ることができた。

これなら……やっぱり僕も、何かしら意見を言うことができるかもしれない。

「――さて、この第一稿、拝読したんですが」

そわそわしていると、野々村《ののむら》さんがページをめくりながらざっくりとした口調で話し出す。

「大きな流れ、基本的には問題ないと思います。キャラの大まかな動きやテーマとの絡《から》みも問題ないでしょう」

「ふん、その割には結構赤が入っているね」

ページをぱらぱらとめくり、ところさんは眉間にしわを寄せる。

「細かい指摘が主ですから。個別に見て判断してもらって、ママでよければそのままにしてもらっちゃって構いません。あくまでご提案程度ですね」

「……ふうん」

どこか不満そうな顔で、柊《ひいらぎ》ところは唇を尖《とが》らせる。

「そうは言っても、これだけ赤いと若干不安になるね。ぱっと見で、あんまり出来がよくなかったかな、なんてね……」

「でもところさん、指摘されない方が不安でしょう？」

「……そこまで見越されているのも癪《しゃく》だな」

——言いながらも、ところさんはどこかうれしそうな表情だ。

野々村《ののむら》さんの指摘は当たっていたらしい。

なるほど……長年タッグを組んでいたこともあって、その辺の息もあっているんだな。

「とはいえ、相談が必要な変更提案もあると言っていただろう？　どこだい？」

「ええ、そうですね。では、あくまで提案ベースではありますが……」

言って、野々村《ののむら》さんは小さく息をつくと——、

「このキャラ——新キャラの、留美子《るみこ》」

「うん、今回のキーキャラクターだね。彼女がどうした？」

その問いに、野々村《ののむら》さんはあくまでフラットな口調で。

溜《た》めることもためらうこともなく、静かにこう言った——。

「――リストラにしませんか？」

「……リストラ？」

柊《ひいらぎ》ところはその言葉を繰り返す。

そして、探るような口調で――、

「――つまり……全面的にボツってことかい？」

「そうなりますね」

――会議室に、沈黙が降りた。

指一本動かせない、呼吸一つできない鉛のような沈黙。

部外者の僕らですらはっきりと感じ取れる、空気の重さ。

そして、窒息しそうなほどの間を置いて、

「…………ほう」

――柊《ひいらぎ》ところが短くそう答えた。

「留美子《るみこ》を……全面的にボツか。思った以上に大きいな」

穏やかな声だった。

けれど……その不穏な穏やかさに、内心柊《ひいらぎ》ところが抱いている感情の激しさをまざまざと感じる気がした。

そして僕自身――野々村《ののむら》さんの提案に耳を疑っていた。

留美子《るみこ》は、ところさんの言うとおり今回のキーキャラクターのようだった。

メインの二人に絡《から》みつつも、彼女たちの関係を軽妙に前に進める重要キャラクターだ。

読んでいても楽しい存在だったし、それをボツにするというのは――まったく理解できない。

話がまったく別物になるように思えたし、お話として成立するのかさえわからない。

「……どうでしょう？　やっぱり日を改めませんか？」

野々村《ののむら》さんは、心底気遣わしげな声で尋ねる。

「落ち着いて、じっくり話せる日にその件は持ち越しで、今のところはそれ以外の変更点について話しませんか？」

やはり内容的に、ところさんの心情を慮《おもんぱか》りたいらしい。

それでも、

「……いや、このまま話す！」

強情にそう言って、ところさんはじっと原稿をにらんでいる。

「作家側の意見が通ることもあるのだと、彼らにしっかり見せてやる！　だから野々村《ののむら》くん……まずは、目的を聞かせてもらえるか？」

「……わかりました」

相変わらず抵抗の消えない表情で、野々村《ののむら》さんはうなずいた。

そして、あくまで落ち着いた口調で話し始める。

「大前提として、この物語は阿佐《あさ》とトコの関係性のお話ということでいいですよね？　二人がみんなの中でどう変わっていくか、ではない。純粋な一対一の関係のお話だと。これは、前作の執筆時に最初に共有したコンセプトですが」

「……まあ、そのとおりだね」

「それで今回、その二人の関係性を新たなステージに進めるために、留美子《るみこ》という新たな存在を外部に置いて、前巻にはない反応を生み出した」

「そのとおりだ」

短く、けれど力強く柊《ひいらぎ》ところはうなずく。

「必要があって、このキャラはここにいる。削って成立するならそもそも企画段階で削るさ」

「そのとおりですね。僕もそう思っていました――この原稿を読むまでは」

そう言って、野々村《ののむら》さんは原稿を掲げてみせる。

そして――誰よりも。

作者本人よりも自信をその顔に覗《のぞ》かせて、

「今は――こう思ってます。この物語は、二人の関係性だけでもっと洗練させることができる。今の柊《ひいらぎ》ところならそこに行ける」

「……ふん、そう言うなら聞こえはいいが」

　そう言いつつも、ところさんの口調はあからさまにいらだたしげだ。

「彼女が抜けた穴を、本当に二人だけでふさげると思うのかい？」

「ええ。一通りシミュレーションしてみました。技術的に難しい部分やトリッキーな動きが必要な部分は確かにあると思いますが、それでも今のところさんならやれるし、その方が物語の純度が上がるかなと」

「……ここはどうするんだい？」

　原稿のページをめくり、文字列を指差すところさん。

「84ページ。阿佐《あさ》がトコの言動に悪意を見いだしてしまう箇所。これは留美子《るみこ》というトリックスターがいるからこそ芽生えた疑念だろう？」

「そこを、敢《あ》えて阿佐《あさ》自身が自発的に覚えたように描くんです。前巻の経験を経た彼女にならば可能ですし、その機微はきっと美しいものになります」

「いや、無茶だろう！　阿佐《あさ》はそんな勘ぐりはしない！　じゃあこっちは⁉　トコが嫉妬心のあまり部屋を出て行ってしまうシーン。これなんて、留美子《るみこ》の残したメールがなければ嫉妬自体することがないじゃないか！」

「そこは、例えば阿佐《あさ》が気持ちの揺らぎと思えるようなものを部屋に残せばいいんです。本人からすれば些細《ささい》なのだけど、ナーバスになっているトコなら勘ぐってしまっても仕方のないような物を。具体的な物の選択は確かに難しいですが、不可能ではないはずです」

「それは……確かに。そうすれば……できるかも……しれないが……」

ページを乱雑に前に後ろにめくりながら、ところさんは髪をガシガシ掻《か》いている。

そして、

「ん――!!　なんか納得いかん！」

もはや子供みたいな声を上げながら、野々村《ののむら》さんへの反論材料を探していた。

けれど――僕は。

その話を聞いていた僕は、少しずつ感じ始めていた――。

野々村《ののむら》さんの案――いけるのでは？

その内容で修正は可能で、そっちの方が、ずっと物語の美しさが増すのでは……？

いや、もちろんわからない。

あくまで僕は素人《しろうと》だし、原稿だって短い時間でざっと読んだだけに過ぎない。

けれど……彼の言う案の向こうに何かがある手触りが確かにあって。

――そんな大胆な改稿案を、この原稿から野々村《ののむら》さんが思い付けたわけが、まったくわからない。

なんで、そこを削ればそんなに良くなると気付けたんだ？

キーキャラを削除なんて、普通どうやったって思い付かない気がする。

なぜ、野々村《ののむら》さんはそんなことができたんだ……？

その後も、ところさんと野々村《ののむら》さんの意見の応酬は続いた。

「──じゃあここは！」

「──そこも、前回と同じでいけるかと」

「──こっちは絶対に留美子《るみこ》が必要だ！」

「──むしろ、ここはスルーがいいと思っています。読者にだけ想像させる形で」

「──そもそも、話全体として留美子《るみこ》のトリッキーさがあることで」

「──そのトリッキーさって、本当にところさんがこの話に求めたものでしょうか？　ちょっとキャラからアイデアを展開させるのが、楽しくなっちゃってませんか？」

そして──、

「……というわけで、僕は留美子《るみこ》をボツにする、って提案をしたかったんですけど」

反論箇所が尽きたらしい。

ところさんがそれ以上声を上げなくなったところで、ちょっと申し訳なさそうに野々村《ののむら》さんが言う。

「……どうです？　難しいところはありますけど、よくなりえると思うんですが」

──彼の言うとおりだった。

二人の話を聞いていて、僕はほとんど確信していた。

野々村《ののむら》さんの意見は筋が通っている、彼の言うとおりにすれば物語のクオリティが一段階も二段階も上がる――。

けれど問題は――、

「……それでも!!」

額に青筋を立てて、子供みたいにかんしゃくを起こしているところさんだった。

彼女は何か言い返したそうに、けれどももはや言葉も出ない様子で――、

「それでも、わたしは変えない！　絶対に！　留美子《るみこ》は消さないからな！」

そう言って、がたりと椅子から立ち上がった。

そして、

「――野々村《ののむら》くんのばああああああああああか!!」


それだけ叫んで――鼻息荒く会議室を出て行ってしまった。

その場にぽつんと残されて……僕はぼう然としていた。

打ち合わせ……こんな風になることがあるんだ。

あんな風に、大人がケンカ別れみたいになることが……。

*

「……毎度、姉がすいません……」

そろそろ帰ろう、と荷物をまとめ始めたところで。

柊《ひいらぎ》さんが椅子をテーブルの下にしまいつつ、申し訳なさそうにそう言う。

「いつもいつも、改稿提案に強情になっちゃって……」

「いやいや。内容的に、今回は僕も覚悟してたから……」

答える野々村《ののむら》さんも、参った参ったーみたいな軽い表情で首元に手をやっている。

「だから、この場で話していいか迷ったんだけどね……」

「俺も、あの感じを見るのは久しぶりだなあ……」

細野《ほその》まで、ところさんの出て行った扉を眺めて遠い目をしている。

「あんなに子供っぽい人が、繊細な小説書けるんだから本当に不思議だよ……」

……どうやら、柊《ひいらぎ》ところがこうなるのは、これが初めてのことではないらしい。むしろ彼らの反応を見る限りでは毎度恒例、改稿指示のときにはお決まりの反応であるかのような雰囲気……。

けれど、

「……だ、大丈夫なんですか？」

それでも僕は、不安になってしまう。

「ずいぶん怒ってましたけど、これで改稿を過剰に拒んできたり……最悪、原稿を引き上げたりなんてことは……」

大人があそこまでケンカするところなんて、初めて見たと思う。

こうなればもう冷静に改稿なんてできない気がしたし、野々村《ののむら》さんの意見だって無視されてしまうんじゃ……。

せっかく、良《い》いアイデアだったと思うのに……。

けれど、

「いや、大丈夫だよ」

いともあっさりと。一ミリの迷いも見せずに、野々村《ののむら》さんはそう言い切った。

「ど、どうして大丈夫なんですか？　あれじゃ、本当に提案を無視されちゃうんじゃ……」

「……んー、そうだな」

腕を組み、考える野々村《ののむら》さん。

「まあ確かに、このあとところさんが僕の意見を反映するかはわからないね。変えてくるかもしれないし、変えてこないかもしれない。ただ僕の予想では——あの人は多分今回、僕の提案を呑《の》むと思う」

「……どうしてそう思うんですか？」

「あの人にとっては……」

野々村《ののむら》さんはこちらを向き。

その顔に、絶対の信頼を浮かべてこう言う──。

「──自分の意見が通らないことよりも、『物語を最善の形で出版できない』ことの方がずっと強烈な恐怖だからさ」

「最善の形で……出版できない？」

「うん」

うなずく野々村《ののむら》さんは、どこか誇らしげな表情だった。

「あの人は、作家は、やっぱり作品を最善の形で世に出したいと願う気持ちが強いんだ。だから提示された改稿案が、反射的には納得いかなくても……どうしても頭の中で検討してしまう。本当にそれが可能か、それを形にした場合どんなできばえになるか……。結果、本人が必要だと思えば、どれだけ言い合いをしたあとでもあの人は改稿してくるよ。意見を翻《ひるがえ》す恥なんて、最善じゃない作品を出す恥に比べたら本当になんでもないことなんだ。実際、これまでもそうだった」

「そう……なんですか」

「……あ、でも」

　それまで黙っていた柊《ひいらぎ》さんが、愚痴でも言うような口調で声を上げた。

「時々ね、言い合いをしたあとに結局意見を曲げないことがあって、そういうときは鬼の首でもとったように報告してくるんだよ。『野々村《ののむら》くんがこんなめちゃくちゃなこと言うから、スルーしてやった!!』って……」

「……それは、いいんですか？」

　恐る恐る尋ねると、野々村《ののむら》さんは頬杖《ほおづえ》をつき目を細め、

「それはそれで、もちろん構わないよ」

　子供を見守る親みたいな目で、こくりとうなずく。

「つまりそれは、ところさんが検討した結果却下したってことだからさ。僕だって、常に正しい意見が言えるわけじゃないしね。そういうこともあるよ」

「……却下された提案が、やっぱり正しいと思えちゃうことってないんですか？　客観的に見て、自分の考えの方が妥当だと思うことは」

「それももちろんある」

「そのときはどうするんですか？」

「内容にもよるけど……最終的には、僕は彼女の判断に付いていくよ。無理に改稿なんてさせない。最後の最後は、僕の思う客観性よりも、ところさんの主観を信じる」

「それは……どうして？」

その問いに――野々村《ののむら》さんはほほえむと。

今日一番の、幸せそうな笑みを見せると、こう答えた――。

「僕こそが――この世で一番の、彼女のファンだからさ」

＊

「――とても勉強になったわ、本当にありがとう」

帰りの総武線、各駅停車の中で。

今回の職場体験が大満足だったらしい、秋玻《あきは》はちょっと興奮気味に柊《ひいらぎ》さんに礼を言っていた。

「野々村《ののむら》さんもところさんも、すごかった……。彼らの頑張りがあって、わたしたちは日々物語を楽しむことができるのね……」

「そう……そんなに言ってもらえるなら、誘って本当によかった……！」

うっとりと目を細める秋玻《あきは》の横で、柊《ひいらぎ》さんは口元をほころばせている。

「帰ったら、またお姉ちゃんフォローしなきゃだって憂鬱だったけど……また飲んだくれて、しつこく絡《から》んできそうだなって思ってたけど……ちょっと救われたかも……」

「矢野《やの》はどうだったよ？」

隣に座った細野《ほその》が、こちらを覗《のぞ》き込《こ》みそう尋ねてくる。

「将来のプラン、あんまりないって言ってたろ？　今日、どうだった？　何か参考になったか？」

「ああ、そうだな……」

少し考えてから、僕は彼に笑みを返す。

「……マジですごかったよ」

——本当に、すごかった。

出版業界は、そこで働く人は、僕の想像していた以上にずっとずっと——すごかった。

「……最初はさ、ちょっと自分でもいけそうだなって思ったんだよ」

もはや隠しても仕方ない。僕は僕の勘違いを、素直に彼らに打ちあける。

「ビルは割と普通の感じだし、野々村《ののむら》さんもぱっと見普通の優しいお兄さん……って感じだし、僕でも働けそうなとこだなって。というか、打ち合わせでは、正直ちょっと自分も意見言えちゃうかも、くらいに思った」

「あー、それは俺もわかるわ。なんか、意外と普通なんだよな第一印象。普通の会社じゃん、って」

「だろ？　でもさ、打ち合わせと、そのあとの話聞いて思った」

僕は、目の前で繰り広げられた打ち合わせを思い出し——、

「——ああ、次元が違うって」

素直な感想を言葉にする。

——次元が違う。

うん、多分その表現が正確だと思う。

僕と野々村《ののむら》さんでは次元が違う。

物語に対する理解も、それを改善する能力も、作家に対する理解も、彼らに対する信頼も——。

そうか……あれがプロか。

あれが物語作りに関わるプロ……編集者、というやつなのか。

「だからまあ……」

と、僕は座席の背もたれに体重をあずけ、

「簡単にあそこには、行けそうにないなー……」

窓の外には、高円寺の夜景が流れている。

それをぼんやり眺めながら——僕はまた、摑《つか》みかけたものを見失ったような。

足場を失ったような心細さを覚えていた。

第二十七章
Chapter.27

【乳房の勾配】

「――矢野《やの》くん！」

放課後、細野《ほその》に借りていた本を返してから部室へ向かう途中。

背後から、聴き慣れた声で呼び止められた。

「ああ、千代田《ちよだ》先生……」

「ごめんね、急いでた？　ちょっとだけ大丈夫？」

「ええ、構いませんけど……」

ただ僕は、いつも通り秋玻《あきは》、春珂《はるか》と一緒に時間を過ごそうと部室を目指していただけだ。別段立ち話くらいは問題ない。

まあ……今日は、事前に彼女たちに「渡したいものがあるの」「楽しみにしててね」なんて言われていたけれど。そしてそれが何なのか、今日の日付を考えれば何であるか想像がつくけれど……仕方ない、ちょっとだけ待っていてもらおう。

「そう、よかった。……あのね、進路の件なんだけど」

千代田《ちよだ》先生が、言いにくそうにそう切り出す。

「どう？　三年次のコース希望、今週末が提出期限だけど……まだ、答えは出ない感じ？」

……その話題、だよな。

話しかけられた段階でそうだろうと思っていた。

期限が迫っていて、周りのクラスメイトも続々提出を始めている。

なのに、そんな中……普段は早めに提出物を出す僕が、未《いま》だに提出していない。

そりゃ千代田《ちよだ》先生も、苦戦していることに気付いているだろう。

「そうですね……まだちょっと悩んでて」

町田出版の見学に行ってから、しばらく。

僕は未《いま》だに——今後の進路についてイメージできないままでいる。

むしろ、前よりも迷っているかもしれない。

野々村《ののむら》さんと自分のレベルの違いを、身をもって体感した。

仕事というのがああいうものなら、プロであるためにあんな能力を求められるなら……一体、自分に何ができるのだろう。

むしろ、何もできないんじゃないか、なんて気さえして、正直自信喪失気味だった。

「でも、きちんと期限までには提出するので……すいません、もうちょっと待ってもらえると」

「そう、まあまだ謝られるようなタイミングでもないんだけどね……」

千代田《ちよだ》先生は小さく笑い、短く迷うような表情を見せてから——、

「……あのね、夫もちょっと心配してた」

「野々村《ののむら》さんが？」

「うん。まずは、ところちゃんと揉《も》めたからみんなびっくりしてなかったかって。いきなりすごいの見せて、ごめんねって」

「ああいや、それは大丈夫ですよ。むしろ勉強になりましたし」

確かに驚きもしたけど、それを含めていい経験だったのも確かだ。

あれがなければ……僕は今でも『自分でもできる！』と調子に乗ったままだったかもしれない。

「それから彼……矢野《やの》くん個人のことも気になってたみたいで」

「……僕のことが？」

……な、なぜだろう。なぜピンポイントで僕？

あの日は、特に彼の印象に残るようなことはしなかったと思うけど……。

「なんだか、色々考え込んでるように見えたみたいだよ。あと……あのね……」

と、千代田《ちよだ》先生はどこか恥ずかしげに視線を逸《そ》らすと、

「……『ちょっと、昔の百瀬《ももせ》みたいな子だな』って、彼言ってて」

「……ええぇ!?」

「わたしもびっくりしたんだけどね……。そうかなあ？　って……。でもとにかく、そういう感じだからどうしても気になって心配しちゃうみたい……」

「なる、ほど……」

うなずきながらも、やっぱり想像ができなかった。

……千代田《ちよだ》先生、昔は僕みたいだったのか。

というか、千代田《ちよだ》先生も野々村《ののむら》さんも、高校生だった頃の様子が想像つかない……。

大人の人たちだって、かつては子供で僕らのような年齢を過ごして今の姿になったはずだ。

それなのに、なんだか生まれたその瞬間から今の姿のままだったんじゃないかという気がしてしまう。

「……そんなわけで、味方はいっぱいいるんだからね」

驚いている僕に、千代田《ちよだ》先生は気を取り直した様子で笑う。

「だから、何かあったら気軽に相談して？　わたしでよければ、できる限り力になるから」

「……わかりました」

未《いま》だに千代田《ちよだ》先生の言葉がしっくりこないまま、僕はひとまずうなずいておく。

「そのときが来たら、よろしくお願いします……」

「うん、任せておきなさい！」

言って、千代田《ちよだ》先生は力こぶを作ってみせる。

なんだかその仕草が普段の彼女と不釣り合いで、思わず僕は笑ってしまう。

＊

——いつものように、軽くドアをノックして部室に入る。

けれど、

「あれ……秋玻《あきは》？　春珂《はるか》？」

彼女の姿がどこにもない。

いつも座っている椅子、本棚の前、宇宙人のステッカーの貼られたラジカセの前――。

その狭い部屋はもぬけの殻で、窓の向こうの街並みがいつも以上に寒々しく見える。

「……ジュースでも、買いに行ったのかな」

そんなことを独りごちながら、ひとまず部室に入ることにする。

廊下は寒かったし、早くストーブをつけて暖まりたい。

けれど、一歩踏み出したその瞬間――、

「――ハッピーバレンタイーン!!」

――クラッカーの弾《はじ》ける音がした。

驚きそちらを見ると――物陰から、春珂《はるか》が飛び出してくる。

「おめでとー！　矢野《やの》くーん!!」

僕に抱きつきつつ、歌うようにそう言う春珂《はるか》。

その手にはテープのはみ出したクラッカーが、頭にはキラキラボール紙の、浮かれたとんがり帽子があった。

「え、ちょ、なんだよこれ……!?　バレンタインって、こういうのだっけ!?」

そんなにこう、盛り上がる感じのパーティ的なイベントだったか!?

クリスマスとかハロウィンとかは、こういう感じになりつつあるけど……バレンタインはまだしも、穏やかな印象だったんだけど……。

——二月十四日。

今日は、バレンタイン当日だった。

正直割と身構えていたし、二人からチョコをほのめかされたときは「やっぱりくれるんだ」とうれしい気分にもなっていた。

けれど、まさかこんな風にサプライズを仕掛けられるなんて……。

むしろもっと、こっそりチョコ渡されるものだと思ってた……。

けれど、春珂《はるか》は僕の突っ込みをものともせず、

「いいんだよー！　楽しくて幸せならそれで！」

そう言って、僕の頬に勢いよくキスする。

「うれしいことは多い方がいいでしょう!?　楽しんだもの勝ちだよー！」

なんだかそれが——ドラマに出てくる海外の子供みたいで。

ホームパーティにはしゃぐ幼い女の子みたいで、思わず笑ってしまった。

「ということで……」

一度振り返ると、春珂《はるか》は自分の鞄《かばん》をごそごそと漁《あさ》る。

そして、

「これ——手作りチョコです！」

そう言って——綺麗《きれい》にデコレーションされた箱をこちらに差し出した。

「もちろん本命だから、心して食べてね……！」

「おお……本命、人生初だ。ありがとう」

彼女の気持ちに感謝しながら、僕はそれを受け取る。

こんなにも絡《から》まった今になっても——二人が僕を好きでいてくれること、そのことへの感謝と喜びは変わらない。

悩みは消えないけれど、僕の中で二人への好意はまったく揺らいでいない。

「……今食べていい？」

「もちろんだよ！　召し上がれー」

春珂《はるか》にうなずかれて、箱にかかったリボンを解き、ゆっくり破らないように包装紙もはがす。

そして、かぶさっていたふたを外すと、

「……おお！」

並んでいる——四つの大きなチョコの粒。

そのすべてが、ココアパウダーをまぶされた綺麗《きれい》なハート型になっている。

そして、どこか柔らかさを思わせるこの感じは……、

「……もしかして、生チョコ？」

「大当たりー！」

うれしそうに、春珂《はるか》はパチパチと手を叩《たた》く。

「昨日頑張って作ったんだー。ほら、食べて食べて」

うなずいて、一粒口に放り込んでみる。

「ん、おいしい……！」

チョコのコクのある甘みと、生クリームの溶けるような舌触り。その柔らかさをココアパウダーのビターさがほどよく引き締めている。これはかなりのクオリティだ。春珂《はるか》、お菓子作り得意だったんだな……。

「まあ、材料になったチョコは定番品だから、どうやったってある程度のおいしさにはなるんだけどねー」

いたずらを白状するみたいな顔で、春珂《はるか》は言う。

「でも、結構いいものができたと自負しています！」

「うん、おいしい……本当においしいよ」

もう一粒、二粒と食べ……そこでようやく気が付いた。

「あ、ごめん！　春珂《はるか》の分！」

気付けば、箱にあるのは残り最後の粒だ。しまった、彼女も食べたいだろうし、半分くらい残しておけばよかった。

「ごめん、一粒だけになっちゃって……これ、食べなよ」

「ううん、いいの。矢野《やの》くんのために作ってきたんだもの」

そう言って、春珂《はるか》はふるふると首を振り、

「あ、でも……分けてくれるって言うなら」

と、チョコレートの最後の一粒を、指で摘まむ。

そして、自分の唇でそれを挟み、指差すと——、

「どーふぉ《とーぞ》」

——目を細め、それを指差してみせた。

心臓が跳ねる。

春珂《はるか》の薄い唇の間に収まっている、ハート型のチョコ。

それを食べるためには……。

つまり、春珂《はるか》は……。

「……うん」

彼女の意図を理解して、僕はうなずく。

そして、小さく息を吸い込むと——彼女に唇を重ねるようにしてチョコを口に含む。

ちょうど真ん中辺りで、半分に割れるチョコ。

お互いの唇がわずかに触れる。

そのまま顔を離そうとするけれど——、

「……んっ」

春珂《はるか》が僕の首に腕を回し、それを許してくれない。

そのまま、深く唇を重ね合うことになった。

いつかのように口に侵入してくる春珂《はるか》の舌。そして、そこにまとわりついているチョコの味——。

しばらくそうやって、お互いの舌の甘みを味わってから、春珂《はるか》はおもむろに顔を離し、

「……もう時間だあ」

心底残念そうにそうこぼした。

そして、僕から距離を取ると椅子に腰掛け、

「バレンタインの勢いで、もうちょっと色々したかったんだけどなあ……。まあしょうがないか。あの子も昨日、頑張ってチョコ作ってたし。だから……じっくり味わって食べてあげてね」

「……うん、わかった」

まだ舌に残る春珂《はるか》の感触に、カカオの香りに動揺しながら、僕はうなずいた。

春珂《はるか》がうつむき――秋玻《あきは》に入れ替わり、顔を上げる。

秋玻《あきは》は僕がいることに気付き、小さくほほえんでから……ふいに違和感を覚えた様子で頭に手を伸ばし、被《かぶ》ったままだった帽子を手に取った。

そして、不思議そうな顔でそれをしげしげと眺め――つぶやくように言った。

「……何これ……」

*

「……本当においしかった」

――秋玻《あきは》が作ってくれたのは、トリュフだった。

春珂《はるか》のものと同じく、ココアパウダーのかかった大きめのチョコの粒。

それを食べ終え――僕は改めて秋玻《あきは》に礼を言う。

「ありがとう。甘すぎないから、最後まで飽きずに食べれたよ……二人とも、本当にお菓子作りが上手《うま》いんだな」

「ええ、昔いた施設でも、料理や製菓は時々やらせてもらえたから……そのときも、チョコはよく作っていたしね」

……そうか、施設でもか……。

僕は、秋玻《あきは》の家で見たアルバムのことを思い出す。

僕に出会う前、北海道《ほっかいどう》の街にいた二人――。

その頃の秋玻《あきは》と春珂《はるか》も、こんな風にしてチョコを作ったのか……。

「……ねえ、矢野《やの》くん」

そんな風に物思いにふけった僕を、秋玻《あきは》が呼ぶ。

それも――ちょっと不機嫌にも聞こえる声色で。

顔を上げると、案の定彼女は不満げな顔で僕を見て、

「……今日も、春珂《はるか》と何かしたでしょ？」

「……え？」

「ここで、その……何か、やらしいこと……」

……そうか。気付かれるのか。

考えてみれば、口にはチョコの味が残っていただろうしこれまでよりも感覚的にわかりやすかったかもしれない。

まあそもそも、隠すことでもないのかもしれないけれど……。

「……この間も、うちにきたときもなんにもできなかったし」

心底恨めしげな顔で、秋玻《あきは》はじっとこちらを見据えると、

「……不公平」

「……悪かったよ」

頭を掻《か》き、素直に謝る。

「確かにちょっと、偏りがあったと思う。ごめん、配慮が足りてなかったよ……」

このところ『そういうこと』をするのは事実春珂《はるか》に対してばかりだった。

向こうの勢いに押されて、というところはあったし、秋玻《あきは》の側は運悪く中断することもあったわけだけど……にしても、もうちょっとこちらも気にかけるべきだった。

「……だったら」

と、秋玻《あきは》は目を細めてこちらを見る。

「その分特別なことをして……」

「特別なこと？」

「うん。今まで、矢野《やの》くんが誰にもしたことがないこと。わたしたちも、誰にもされたことがないようなこと……」

「う、ううん……」

そう言われても、具体的に何をすればいいのかは、ぱっとは思い付かない。

考えれば考えるほど、よっぽど口では言えないような……これまでになく大胆なことになりそうな気もする。

けれど、

「……わかった、いいよ」

それがどんなものであっても、僕は受け入れたいと思う。

きちんと秋玻《あきは》にも、僕の気持ちを理解してもらうためにも。

春珂《はるか》と同じくらい好意を持っていて、大切なんだと伝えるためにも、彼女の言うとおりにしたいと思う。

それがよっぽどうれしかったらしい、秋玻《あきは》は珍しく、その顔に満面の笑みを浮かべる。

そして、小さく拳を握ると、

「――やった！」

と声を上げた。

けれど――そのときだった。

机の端に置かれていた、チョコの空き箱に秋玻《あきは》の袖が触れた。

箱が転がり、机から落ちる。

そして――秋玻《あきは》の膝の上をバウンドして、床に転がった。

「わ。わわ」

「お、だ、大丈夫か……」

秋玻《あきは》にしては珍しい失敗だな。まるで春珂《はるか》みたいだ……。

「膝に、粉が……」

箱を拾い上げつつそちらを見ると——彼女の言うとおり、箱に残っていたココアパウダーが大量に膝にこぼれてしまっている。しかも、それを払おうとした秋玻《あきは》の手によってスカートがめくれ上がり、太ももの方まで広がって……。

「……っ！」

あられもなく剝《む》き出《だ》しになったその肌に、思わず視線を逸《そ》らした。

ややもすれば下着すら見えそうなアングルだ。根元に近いその肌のきめ細やかさは絹のようで、「見てはいけない場所」なのだと反射的に感じた。

けれど、

「……矢野《やの》くん？」

僕の反応に気付いたらしい、秋玻《あきは》が探るように僕の名を呼ぶ。

「どうしたの？」

「いや……とりあえず、ハンカチ濡《ぬ》らしてくるからそれで拭きなよ。手でやっても広がるだけだろ……」

言って、僕は秋玻《あきは》を見ないまま鞄《かばん》をまさぐり始める。

黙ってじっと僕を見ているらしい秋玻《あきは》。

やっぱり……気付かれてしまっただろうか。僕の視線の意味を、悟られただろうか……。

「……じゃあ、行ってくるから」

ようやくハンカチを見つけ、立ち上がる。

この気まずさから、一秒でも早く逃げたかった。

なのに――、

「――待って」

秋玻《あきは》は言って、椅子から立ち上がる。

「思い付いたの」

「……何を」

「矢野《やの》くん、こっち向いて」

「……な、なんだよ」

言われたとおり、渋々彼女の方に向き合う。

目の前には――スカートをたくし上げ、太ももを露《あら》わにした秋玻《あきは》がいる。

白い肌にはココアパウダーがまぶされ……かなり根元近くまで、内ももの方にまで茶色い粉末が広がった秋玻《あきは》。

――そんな光景に。

目の前の光景に目を奪われる僕に。

秋玻《あきは》は恍惚《こうこつ》の笑みを浮かべ、優位に目を細め――こう言う。

「――舐《な》めて」

「……え？」

「脚、矢野《やの》くんが舐《な》めて綺麗《きれい》にして――」


――言葉の意味を、一瞬飲み込めない。

そして――短い間を置いて、表面的な意味を理解できてもなお――信じられなかった。

……舐《な》める？　その、太ももを……？

秋玻《あきは》の口から……本当にそんな言葉が出たのか？

「……本気で、言ってるの？」

「当たり前でしょう？」

切羽詰まった僕の声に比べて、秋玻《あきは》の吐息には余裕の気配すら滲《にじ》んでいる。

「何でもしてくれるんでしょう？　だったら、これくらい簡単じゃない？」

「確かに、そうは言ったけど……」

「……嫌？」

「そういう、わけじゃなくて……。でも、その……そんなことしたら……」

想像して、心臓が沸騰しそうになる。

その柔らかい肌に舌を這《は》わせるなんて――どうにかなってしまいそうだった。

そもそも、そんなことして秋玻《あきは》はどうなるんだ？　くすぐったいだけ？　もしかして、気持ちいい？　本当に、そんなことがうれしいのか……？

けれど、そういう核心を突くことは口に出せなくて、

「……パンツとか、見えちゃうと思うんだけど」

こぼれでたのは、そんなマヌケな質問だった。

「あはは、今さらそれくらい構わないよ。これまでだって、何度も見てきたでしょう……？」

案の定、秋玻《あきは》は一ミリだって揺るがない。

むしろ、僕の動揺にその顔の愉悦の色を濃くして、

「あのね……脚にはちょっとだけ自信があるの。わたしあんまり、自分の身体《からだ》、そんなにいいものだと思ってないんだけど。それでも……この脚は、肌も綺麗《きれい》だし肉付きもちょうどいい。形もいいんじゃないかなって……気に入ってるんだ」

――確かに、秋玻《あきは》の太ももは綺麗《きれい》だった。

全体的に細身の身体《からだ》からすっと伸びた、軽やかな太もも。

肌は白くその向こうの血管がわずかに透けていて、傷一つシミ一つなくて、柔らかそうなカーブを描いてスカートから伸び、膝に繋《つな》がっていく――。

思わず見とれそうな、彫刻のような脚線美——。

「だからねえ、舐《な》めてよ……」

待ちくたびれた様子で、秋玻《あきは》が急《せ》かす。

「いつまでわたしに、こんなポーズさせるつもり？　早く綺麗《きれい》にして……？」

——もう、逃げられない。

頭が熱を帯び、思考が回らなくなっていく。

僕はうなずくと、秋玻《あきは》の前に跪《ひざまず》く。

目の前に迫る、雪原のような彼女の肌。

それだけで心臓が暴れ出し、欲求を叫び出しそうになってしまう。

それをぐっと抑えこむと……簿は顔をその白い肌に近づけ——一度短く舌で舐《な》めた。

「——んっ……」

秋玻《あきは》がくぐもった声を上げた。

舌先に感じる、白い肌の滑らかさ、柔らかさ、ココアの苦み。

そして——胸に沸き上がる、形容しがたい強烈な感情。

その激しさに、思わずこの先を躊躇《ちゅうちょ》する僕に、

「……何してるの？」

頭上から、もう一度秋玻《あきは》の声が降ってくる。

「まだ全然、綺麗《きれい》になってないでしょ？　ほら、早く……」

――言われるがままに、もう一度、その肌に舌を這《は》わせた。

今度はもっと長く、もっと広い範囲を――。

膝の上から下着のギリギリまで、右脚左脚を、なぶるように舐《な》め回していく。

「……ふっ……あっ……」

秋玻《あきは》がもだえるように声を漏らす。

それでも――止めない。

彼女の希望は、ココアパウダーをすべて綺麗《きれい》にすること。

少なくとも、それが終わるまでは止めることはできない――。

茶色い粉は、本当に彼女の下着の際まで。水色のその生地の、フリルの辺りまでかかっているらしい。

だから僕は――その際の辺りを入念になぶり始める。

「あっ……あっ、あっ……」

漏れる秋玻《あきは》の声が、艶を帯び出した。

「……くっ……ふっ……あ……あっ……」

ほとんど喘《あえ》ぎ声と区別のつかないそれを聞きながら、僕は舌を這《は》わせ続ける。

腰骨の近くから、股関節の正面辺りまで。

時々舌が下着の布地に触れるのを感じるけれど——その辺りにも粉がある、すべて綺麗《きれい》にしなきゃいけない。

続いて、太ももの正面、さっき舐《な》めそびれた範囲を塗りつぶすようにして舐《な》めた。

「う、うあ……あっ……あぁ……」

範囲が広い分、ずいぶんと時間がかかる。

秋玻《あきは》の声が徐々に大きくなって、廊下の外に聞こえやしないかと不安になった。

千代田《ちよだ》先生にでも見つかれば——問題になるかもしれない。

けれど、そのまま太ももの外側、膝の近くも舐《な》め終わり——表だったところは、だいたい綺《き》麗《れい》になったはず。

残るは、もう少し奥まった辺り。

——内ももの周りだ。

立ったままの秋玻《あきは》の脚を両手でわずかに広げると、

「……えっ」

秋玻《あきは》が驚いたような声を上げる。

そこに粉がついていることに、気付いていなかったのかもしれない。

「……ここも、綺麗《きれい》にするから」

それだけ言って——そこに。

これまでで最も白く、柔らかそうな肌に舌をあてがう。

瞬間――。

「――あっ！」

――秋玻《あきは》が、これまでに聞いたことのない声を上げた。

けれど――止めない。まだ粉は残っている。

「んっ……んくっ、あ……ああっ……！　あっ……！」

秋玻《あきは》の声が徐々に大きくなっていく。

彼女がこちらに手を伸ばし――両手で僕の頭を掴《つか》む。

「……待って……待って……矢野《やの》く……」

そして、これまで以上に一番深く。

内ものの、上部を舐《な》めたところで、

「――んうっ……！」

――秋玻《あきは》の身体《からだ》がビクリと跳ねた。

ぶるぶると震える彼女の両手。いつの間にか握っていた両膝も、ガクガクと力が抜けた様子

で――。

――そのまま、秋玻《あきは》はその場に崩れ落ちた。

「……はぁ……はぁ……んっ……」

肩で荒い呼吸をしている彼女。

力が入らないのか、両手を地面につき、それでも必死に体重に耐えるように全身を震わせている……。

やりすぎた……だろうか。

もしかして、ここまでのことは秋玻《あきは》も望んでいなかった……？

「ご、ごめん！　大丈夫……？」

急に不安になって、秋玻《あきは》の肩に手をやった。

「息、できてる？　もしかして……嫌だった？」

「……ううん……大丈夫……」

秋玻《あきは》は、けれどそう言ってふるふると首を振る。

「でも、ずいぶん苦しそうだけど……」

「違うの……これは、そうじゃなくて……」

秋玻《あきは》が顔を上げる。

乱れた髪が二、三本口に入っている。その目は熱にでも浮かされたように潤み、頬は真っ赤に染まり、そして彼女は——、

「——気持ちよかった……」

熱で崩れ落ちそうな甘い声で、そう囁《ささや》いた。

「すごく……気持ちよかったの……」

——その言葉が、きっかけだった。
呆《ほう》けたような彼女の表情で——。
露骨に性的なその声色で——抑えこんでいた感情が弾《はじ》けた。
脳髄を揺さぶられるような、身体《からだ》が弾《はじ》けてしまいそうな——苦しさ。
そうだ。苦しい。
どうしようもなく、僕は苦しい。

——なんだこれは。
——何なんだ、この苦痛は。

突然の強烈な感覚に、僕は戸惑ってしまう。
今、僕は好きな女の子と卑猥《ひわい》なことをした。彼女も喜んでくれていた。
うれしいに決まっている。

なのに、なんで僕は……こんなにも、どうしようもなく苦しいんだ。

その場に立ち上がり、鞄《かばん》を手に取る。

「……矢野《やの》くん、どうしたの？」

よろよろと秋玻《あきは》も僕に続き、不安げに尋ねてきた。

「もしかして……怒ってる？」

「……ああ、そうじゃないよ。ごめん、急に用を思い出して……」

——できる限り、自然な表情と声色を心がけて。

霧香《きりか》に教わった『キャラ作り』の力を総動員して、僕はそう答える。

「こんなタイミングで、ほんとごめん……もうちょっと、ゆっくりしていきたかったんだけど……秋玻《あきは》とも話したかったんだけど、そろそろ行かないとなんだ」

「……そっか」

どこまで僕の本心を読み取ったのか、秋玻《あきは》は不満の色一つ見せることなく穏やかにほほえんだ。

「ごめんね、そんなときに引き留めて……」

「いいんだよ。ほんと、ゆっくりできなくてごめん……また明日」

「うん、また明日……」

それだけ言い合うと——僕は逃げるようにして部室を後にした。

*

「……何なんだ！　……本当に……何なんだ……！」

昇降口を抜けて校舎を出て。

正門を抜けて街に出て通りを越えて西荻《にしおぎ》駅を過ぎても——僕の中の苦しさは変わってくれなかった。

「……なんで僕は、こんな風に……」

——口ではそう言いながら、本当はわかっている。

この苦しさの理由。

心許《こころもと》なさのわけ——。

——僕は、何も決められない。

自分にだけ、確かなものが、何一つない——。

進路にしたってそうだ。

みんなが自分の希望を固めていく中、僕は自分が何をしたいのかわからない。

それどころか――どうしようもない実力不足を実感させられたんだ。

今の自分に、選べるような未来があるとは到底思えない――。

――そして、秋玻《あきは》、春珂《はるか》のこと。

二人のことを大切に思うのは事実だ。

恋をしているのも確かで、近づけるのは幸福で、触れ合うたびに彼女たちをはっきり求めているのが自分でもわかる。

なのに――決められない。

本当は、自分がどちらを好きなのか、見極めることができない。

どっちつかずでいることが正解で、どちらも大切にすることが正義で……自分のこの強い気持ちを、あやふやなままにしなければならない。

――わかっている、それは僕自身が望んだことだ。

ずっと春珂《はるか》を消さないため、自分でそうしようと決めたことだ。

むしろ――僕が加害者側なんだ。

それでも、僕はどうしようもなくそれが苦しい。

彼女たちと触れ合うことを、純粋に楽しむことができないのが。

どちらと触れ合っていても、どこかで強烈な罪悪感を覚えていることが……目眩《めまい》がしそうなほどに、悩ましい。

——苦悩が顔に出ているのか。

道行く人が気遣わしげな顔で、あるいはぎょっとした顔でこちらを見て通り過ぎていく。

そんな彼らに——聞いてみたいと思う。

僕はどうすればいいのか、こんな状況でできるだけ誠実であるためには、何をするべきなのか——。

「……これから、どうなるんだろう……」

こんな気持ちを抱えて、彼女たちと接し続けて、僕はどうなるのだろう。

春珂《はるか》と一緒にいるために気持ちを決めず、どっちつかずのままにして……それが延々続いて……。

僕はそれに、耐えられるのか？

ただでさえすでに追い詰められているのに、これ以上我慢できるのか？

——せめて、と思う。

せめて、何か確かなものがほしい。

僕には、これがあると。

他の人がなんと言おうと、揺るがないものがあると思える何かが——。

「──ん……？」

そのとき、ポケットの中でスマホが震えているのに気が付いた。

秋玻《あきは》か、春珂《はるか》だろうか……。

取り出し、ディスプレイを確認すると……未登録の番号が表示されている。

03で始まるから、都内の固定電話のようだけど……。

しばらく悩んでから、僕は通話ボタンを押しスマホを耳に当てた。

普段は知らない番号からの通話はあまり出ないのだけど……今はこの気分を、追い詰められた感覚を紛らわしてくれる何かがほしかった。

「……もしもし？」

『あーもしもし？　すみません、こちら矢野四季《やのしき》くんの番号で間違いないですか？』

「そうです……けど」

……どこかで聞き覚えのある声だった。

柔らかくて明るくて、軽やかな男性の声──。

そしてその声は、

『あーどうも！　お久しぶり、町田出版の野々村九十九《ののむらつくも》です』

久しぶりに旧友にでも会ったような口調で、そう名乗った。

「あ、ああ、野々村《ののむら》さん……お久しぶりです」

——予想外の相手だった。

まさか、あの野々村《ののむら》さんから電話が来るなんて。

もう会うこともないかもしれない、なんて思っていたけれど……。

『ごめんね、百瀬《ももせ》に番号聞いちゃったよ。どうしても、お願いしたいことがあって……』

「お願いしたい、ことですか？」

『うん』

そして野々村《ののむら》さんは、困惑する僕に——こんなことを言う。

『明日、町田出版で、君のことを取材させてくれないかな——』

【不真面目教育講座】

第二十八章

Chapter.28

三角の距離は限りないゼロ

Bizarre Love Triangle

「――ごめんね！　急に呼び出しちゃって」

何事だろう、とおろおろしながら町田出版を訪れ。

先日も利用した会議室に着くと――待っていた野々村《ののむら》さんが、申し訳なさげに椅子から立ち上がった。

「こっちから出向くべきところを、わざわざ来てもらっちゃって……」

「それは、いいんですけど……どうされたんです？」

「それがさー、ところさんが、ちょっと原稿行き詰まっちゃってて……」

「……やあ、矢野《やの》くん……」

……確かに、彼の横ではところさんがプリントアウトされた原稿を前に、困り果てた様子でむんずと腕を組んでいた。

「本当にすまないね……よければ、ちょっと力を貸してほしいんだ……」

「……僕が、力をですか？」

野々村《ののむら》さんの言葉に、苦い気分が蘇《よみがえ》る――。

正直……自分に何かできるとは思えなかった。

アイデアを出したり判断したり、そういう役に立てなそうなことは、前回の訪問で痛感していた。そんな僕が、何の力になれるというのだろう……。

もしかして、執筆に関わる雑務を任せたいとか……？

「……ああ。大丈夫だよ、ただ、一高校生男子が考えることを聞きたいんだ」

僕の不安を読み取ったのか、野々村《ののむら》さんが優しい声で言う。

「矢野《やの》くんが日々感じてることや考えてることを、リアルにね。そういう意味では無茶はさせないと思うから、安心してよ」

「そう、ですか……」

そう言われても、やはりあまりしっくりこない。

僕が感じていることや考えていること……それがどう物語に役に立つのか、想像がつかない。

「じゃあ、まずはこれにざっと目を通して見てくれるかな。本当に、ざっと流し見でいいから」

野々村《ののむら》さんはそう言って、プリントアウトされたばかりらしい原稿をこちらに差し出した。

「本当に手伝ってくれるかどうかは、それを見終わってから決めてくれていいよ。ギャラは……ちょっとお高めの晩ご飯おごりとかでどう？」

……ギャラ。

もちろんそんなもののために来たわけではないし、無償で全然構わないと思う。

けれど、そこであれこれ言い合うのも時間の無駄な気がして、

「……わかりました。ひとまず、読んでみます」

僕は、まずは素直にうなずいた。

「ありがとう！　よろしくね」

……こうなったら、とりあえず目を通すだけ通してみよう。

野々村《ののむら》さんがこうして呼んでくれたんだ。だとしたら……僕にとっても、何か得るものがあるのかもしれない。

なんとなく……そんな気がする。

手近な椅子を引き腰掛けると、僕は渡された原稿に手早く目を通し始めた。

＊

「——一通り、わかったと思います」

数十分ほど原稿に目を通し——僕は顔を上げ息をついた。

渡されたのは、先日も打ち合わせの題材となっていた『十六進法の花』の続編だった。

阿佐《あさ》とトコ、二人の女の子のちょっと苦い関係性の物語。

そこに大きな改稿が入り、前回とはずいぶんと見栄《みば》えの違うお話になっている。

気付いた変更点はいくつもあって、そのどれもが大きな効果を発揮しているように感じられた。

その中でも、一番気になったのは——、

「……ボツにしたんですね」

——やはりそこだった。

「留美子《るみこ》——出すの止めたんですね」

——前回の原稿で、キーキャラとなっていた留美子《るみこ》。

それが、野々村《ののむら》さんの提案のとおり——今回の原稿からは消えていた。

あんなに言い合いして、捨《す》て台詞《ぜりふ》を吐いて出て行ったところさんが……野々村《ののむら》さんの言うとおり大きく改稿作業をした。

野々村《ののむら》さんにそうなると予言されて、その理由を聞かされ、全体的に納得していたのに……

それでも、その事実に僕は驚いていた。

「いやー！　そうなんだ！」

そして——ところさんは。

改稿した本人は、『参った参ったー！』くらいのテンションで笑う。

「あれからやっぱり色々考えた結果、野々村《ののむら》くんの言うのもありだなーと思ってね。いやあ、あのときは失礼した！　めんごめんご！　あははははは！」

——一ミリも、反省や気まずさの色が見えないところさんだった。

その図太さには、割と本気で感心してしまう。どちらかというと過剰に恐縮してしまうタイプとしては、見習いたいくらいだ……。

「……それでね」

苦笑していた野々村《ののむら》さんが、話を引き継ぐ。

「留美子《るみこ》をボツにするのに対応して、他の要素が結構表に出てくるようになったんだ。彼女たちの心理描写、触れ合いの描写、古道具店での出来事とか風景の変化とか。その中で僕らが引っかかってるのが……」

野々村《ののむら》さんはめくられた原稿、その中盤辺りのページを指差し、

「……この辺りから出てくる、このミトでね」

――ミト。

先日見た際にはほとんどモブに過ぎず、そして今回の改稿でトコに大きく関わるようになったキャラだ。

ざっと読んだ印象としては、生真面目な男子高校生、という感じらしい。

ネット上のトコと現実の彼女の差を指摘する重要な役回りを担《にな》っている。

僕としては、それほど問題を感じなかったのだけど、

「なんか……キャラがテンプレなんだ……」

ペンを手に、ところさんがうーんとうなる。

「このキャラが、トコとの関係をきっかけに苦悩する……ところまではわかる。けれどそれが……なんだか、どこかから借りてきたキャラのようでね。この作品は、リアリティのレベルを現実に寄せていきたいんだ。だから、この子だけ浮いてしまっているように思えて……」

「ところさんはもう、大人の女性だからね」

病状を説明する医師のような口調で、野々村《ののむら》さんは言う。

「十代でもなければ男子なわけでもない。そして今回は——以前の細野《ほその》くんのように、具体的なモデルがいるわけでもない。そうなると、完全に想像でキャラを動かさなければいけなくなる。自分とはまったく別属性の人間をね。しかも、阿佐《あさ》やトコと同じレベルのリアリティのレベルで」

「もう完全に、わたしと一番遠いタイプだからな、ミトは……」

むんずと腕を組み、ところさんは原稿をにらんでいる。

「ちょっとでも自分と重なるところがあればいけるんだが、さすがにここまで別の人種となると、厳しくて……」

「……なるほど」

……それは確かに難しそうだ。

逆に考えてみればよくわかる。男子高校生である僕が、例えばところさんのような大人の女性をリアルに想像して動かすことなんて、到底できやしない。

実際、彼女が大きく改稿したことだって驚きだったんだし、微細な感情となればほとんどトレースは不可能と言ってもいい。

「そこで、矢野《やの》くんに話を聞いてみようってことになったんだ」

野々村《ののむら》さんは、はっきりした声色で言う。

「他の作家ではあまりないんだけど、ところさんは最近執筆に際し、実在の人の話を参考にすることが多いからね。ただ、細野《ほその》くんはすでに以前の作品に出てもらっているし、別の男子である方がいい。そうなると……この間ざっと原稿を見てくれた君がいいなって。人物的にも、なんとなく矢野《やの》くんの方がハマりそうな気がするし」

「そういうこと、だったんですね……」

ようやく――二人が僕を呼んだ意味が理解できた気がする。

僕が何をすべきか、ここで何を求められているのか――。

ただ、それはつまり――、

「……つまり」

野々村《ののむら》さんが、僕の思考を読んだように声を上げた。

「これから僕らは……矢野《やの》くんの、かなりプライベートな感覚を聞くことになると思う」

――そうだ、そういうことになる。

「テンプレ的なキャラにしないための質問だからね、矢野《やの》くんが普段思っていること、感じていることを、教えてもらいたいんだ。具体的には――人間関係のこと。あるいは、恋愛関係のことを――」

――人間関係のこと。

——恋愛関係のこと。

そうなれば——僕はきっと、秋玻《あきは》と春珂《はるか》、二人との関係を話すことになるのだろう。

そして、初めて野々村《ののむら》さんはためらいの色を見せ、

「だから——無理にとは言わないよ。誰にだって、触れられたくないことはあるだろうし……」

矢野《やの》くんにとって、僕らはまだ二、三度しか会ったことのない大人だ。信頼もなにもないだろう」

「いや、信頼がないなんてことは……」

「はは、無理しなくていいよ」

彼はこちらを見ると——初めて会ったときと同じ、優しげな笑みを浮かべた。

「でも、そのうえで……もしよければ、力を貸してくれないかな？　もちろん、固有名詞はぼやかしてで構わないから」

——視線を落とし、考える。

二人に……秋玻《あきは》、春珂《はるか》とのことを話す。

彼女たちと過ごし、触れ合う中で芽生えた感情について明かす——。

……やっぱり抵抗は覚えた。

僕のこの気持ちを、打ちあけていいんだろうか。

本当は、自分一人で抱えているべきなんじゃないだろうか……。

——それでも。

「そう……ですね」

積もりに積もったこの感情を、口にしたいのも事実で。

二人がそれを知ったときに、どう思うのかも気になって。

そして——ほんの少しでもこの人たちの役に立てれば、少しは苦しさが楽になりそうな気がして——。

「……わかりました」

僕は——二人にうなずいた。

「僕にできることなら、お話させてください……」

＊

「——さて、では」

改めて——テーブルに向かい合って腰掛ける。

「さっそくいくつか質問させてもらおう」

緊張に背筋を伸ばす僕に対し、二人はずいぶんとリラックスした様子だった。

その落差に一層硬くなりつつ、ごくりとつばを飲み込む、

「まず……矢野《やの》くんは今、恋人はいるかい？　正式に付き合っている人だとか、好きな人だとか」

「……います」

「彼女？　それとも片思い？」

「それが……ちょっと複雑な状態で」

「……ほう」

言いにくさを感じつつ口に出した言葉に、ところさんが眉を上げる。

「事情があって……二人の女の子、どちらが好きなのかわからなくて。二人は僕を好いてくれているんですが……どちらかを選ぶこともできなくて。そういう、中途半端《ちゆうとはんぱ》な関係の子がいます……」

「……なるほど！」

と、ところさんはうれしげに野々村《ののむら》さんの方を向き、

「野々村《ののむら》くん、この矢野《やの》くん、ずいぶん今回の取材に適任だね……」

「ですね、呼んでよかったでしょう？　……実はさ」

と、野々村《ののむら》さんがこちらを向く。

「ミトは、ネット上のトコと現実のトコの違いに驚き、どちらの彼女が好きなのかわからなくなってしまうキャラなんだ。ちょうど、矢野《やの》くんと近いのかもなって」

「ああ……そうか。そうなのかもしれないですね……」

確かに、野々村《ののむら》さんの言うとおりだ。

どちらを好きなのかわからなくなっているのが、実際は同一人物というところまで似通っている。

……もしかして、と思う。

もしかして、野々村《ののむら》さん……そのことまで気付いて僕を呼んだんだろうか。

あるいは、千代田《ちよだ》先生がこっそり僕のことを教えた、とか……？

「じゃあ、実際そんな風に二人の間にいて……どうだい？」

興が乗ってきたのか、ところさんが机越しに身を乗り出す。

「悩み事や、困っていることはないかい？」

「……それは、もちろんあります。むしろ、悩んでいることだらけで……」

うなずいて——僕は思い付く限り、悩んでいることを二人に説明していった。

「——やっぱり、罪悪感があります……」

「——不誠実なことをしている気がして、二人の好意を素直に喜びきれなくて……」

「——やっぱりちょっと、二人も対抗する感じになっちゃいますし」

「——周りにも、どう説明すればいいかわからなくて……」

——ところさんはそれを熱心に聞き、時折僕に聞き返したり野々村《ののむら》さんに話を振ったりしながらメモを取っている。

「——なるほど、二人はお互いそれを了承済みなのかい？」

「——ちなみに、手を繋《つな》ぐ以上のことは？　もしかして、両方と最後まで済ませた？」

「——野々村《ののむら》くんはどうだい？　そういうことはこれまであったかい？　……百瀬《ももせ》には内緒にするから」

「——すべて打ちあけて、周囲は受け止めてくれると思う？」

そんな風に、遠慮なく質問を向けられ、僕もそれに可能な限り正直に答え——一時間ほどが経《た》った。

ずいぶんと、深いところまで話ができた。話してしまえたんじゃないかと思う。

僕自身も、話せるようなことはほとんど話し終えた感覚があった。

固有名詞や二重人格のことを覗《のぞ》き、僕の状況はすべて伝わったんじゃないだろうか。

ところさんも、同じような感想らしい、

「ふむ……なるほどね」

彼女はペンを一度置き、メモを書き連ねたノートをじっと眺める。

……どうだろう。

彼女はどう思ったんだろう。

僕はところさんの役に立てたろうか……。

そして、

「そうか……そうか～……」

彼女はむんずと腕を組み――深く息を吐いた。

「なるほど、なあ……」

……ああ、と、その反応で僕は理解する。

――期待外れだったんだ。

僕に話を聞けば、作品に使える話が聞けるかも、と予想した。

そういう特別な『何か』を、僕の中に見つけようとした。

表面的には、そういうものがありそうに見えたんだろう。確かに、僕の置かれている状況はちょっと特殊ではある。

けれど――僕自身にはなにもない。

未来を決めることもできず、誰に恋をしているのかを確信することもできず――漂うように生きてしまっている、なにもない人間。

だから……ところさんも役に立ちそうな部分は見つけられなかった。

「……すいません。あまり……お役に立てなかったようで」

「ああ！　いや、違うんだ！」

あわてた様子で、ところさんは手をひらひらと振ってみせる。

「あくまでこっちの問題だ！　ほら、とっかかりを探しているというか……」

……あからさまな気づかいに、一層申し訳なさが募った。

――会議室全体に、停滞の空気が満ちる。

誰も声を上げず、身動きをせず……この行き止まりの出口を求めている空気――。

これは……どうするべきだろう。僕はここから、どうすればいい？

やっぱり……細野《ほその》でも呼ぶか？　あいつに話を聞けば、僕よりは役に立つ部分があるんじゃないか？

あるいは……秋玻《あきは》と春珂《はるか》を呼ぶ？

僕の話の、その裏側で起きていることを彼女たちに話してもらう……？

……上手《うま》くいくかはわからない。

それでも、このまま何もしないよりはいい気がして。

少しでもあがいてみるべきな気がして、

「あ、あの……！」

と、声を上げたそのときだった、

「——ちなみに、なんだけど」

それまで黙っていた彼が——野々村《ののむら》さんが口を開いた。

会議室の空気の重さとは対照的に、その声は普段通りの柔らかさで、なんとなく辺り全体に温かみが宿った気がする。

「矢野《やの》くんが、色々と苦悩しているのはよくわかったよ。すごく参考になった、ありがとう」

「ああ、そんな、全然……」

「けど、その中で一つ……」

野々村《ののむら》さんが——僕を見る。

「一つ——一番苦しんでいることを挙げるとしたら、それは何だい？　君は今、何が辛《つら》いんだ……？　もしよければ、それを教えてほしい」

——何が一番、辛《つら》いのか。

確かに、苦しいことはたくさんある。

困っていることもたくさんある。

では——その中で僕を一番苛《さいな》んでいるものは何だ。

絡《から》まった現実の中で、僕は何に苦しんでいる？

ゆっくりと、けれど確実に自分の気持ちを探ってみる。ノイズだらけの思考の中で、可能な限り必要なものだけを手にとって比べていく。

そして——僕は見つけた。


「……置いてきぼりな、ことでしょうか」


そう口に出すと——うつむいていたところさんが、はっと顔を上げた。

「置いてきぼり……？」

野々村《ののむら》さんが、その言葉を繰り返す。

「矢野《やの》くんは今、周りに置いていかれた気分なの？」

「周りに……なんでしょうか。進むべきなのに進めていない、そんな感覚があるんです……」

そうだ、僕はいつまでも同じ場所をぐるぐるしている。

前に進めず戻ることもできず、そんな僕を——みんなが置き去りにしていく。

「彼女たちは、迷うことなく僕に気持ちをぶつけてくれる。けど、僕はどちらかを心に決めることもできない……。それだけじゃない、将来のことだってそうです——」

——ところさんが、せわしなくペンを動かし始める。

「――考えれば考えるほど、こうやって実際に仕事場に来れば来るほど……自分に何もできないことを痛感して……」

言葉にしてみて、なんて情けないヤツなんだと笑ってしまいそうになる。

けれど……これが偽らざる僕の本音だ。

僕は結局、そのことが苦痛なのだ。

僕も――前に進みたい。

何かを決めて、今いる場所から一歩でも踏み出したい。

なのに――それができない。

「……ミトだね」

ぽつりと、ところさんがそう言った。

その声が、狭い会議室の壁に反響して短く響く。

そして彼女は――、

「ようやく見つけたよ、ミトは、そういう男の子だったのか……」

相変わらず、真剣な表情でメモ帳に何かを書き付けながらそう続けた。

……見つけた？

今の会話で、ところさんは何か糸口を摑《つか》んだのか？

「……いけそうですか？」

「ああ……」

メモ帳から顔を上げないまま、ところさんは野々村《ののむら》さんにうなずく。

「置いてきぼりか……なるほど。選べない苦しさだとか、これからのことだとか……そういうのをひっくるめると、そういう感情になるのか……。わたしにはない発想だ……」

——野々村《ののむら》さんが、笑顔でこちらを見た。

ぐっと拳を握って見せてくれる彼。

……上手《うま》くいった？

ところさんに、小説のヒントを見つけてもらうことができたのか……？

「……すまない、ちょっと一人で作業したい」

ところさんが、ほとんどひとりごとのような声でそう言う。

「二人とも、外してもらえないか……」

「……わかりました」

そう言って、静かに立ち上がる野々村《ののむら》さん。

彼に手招きされるままに、僕は荷物をまとめるとその背中に続いて会議室を出た——。

＊

「……いやー助かったよ！　本当にありがとう！」

会議室の扉を閉め、デスクに向かいながら――野々村《ののむら》さんがどはーと息を吐き、声を上げた。

「あー割とマジで、今回はどうなるだろうかと思ったけど……うん、おかげでなんとかなりそうっぽい！　矢野《やの》くんのおかげだよ、感謝してる！」

「……ほ、本当ですか？」

緊張感から解放されつつも、未《いま》だに僕は役に立てた実感が湧かない。

「これで、ところさんは原稿仕上げられるんでしょうか……？　ちょっとは、力になれたんですかね？」

「僕の経験から言えば、あの感じになったところさんはいい感じにやれることが多いね。頭が完全に改稿内容に向いていたから、色々噛《か》み合《あ》ったんだと思う。そしてそれは――」

デスク前につき――野々村《ののむら》さんが僕に手を差し出す。

「――君の、矢野《やの》くんのおかげだ。ありがとう」

――おずおずと、その手を握り返した。

ごつごつして熱い、大人の男性の手――。

けれど、初めて一対一の人間として——野々村《ののむら》さんと向かい合えた気もした。

ぼんやりとそんなことを考える隣で、野々村《ののむら》さんは先輩らしい編集者たちに好き放題いじられていた。

「——ま一た野々村《ののむら》高校生の力借りたのかよ？」

「——ははは、そうっすね。そういえばもうそんなこと続きだな」

「——もはや印税ちょっと払うべきじゃね？」

「——そんな気もしますよね、ところさんに相談してみようかな……」

「——あるいはお前の給料から天引きな」

「——勘弁してくださいよー！　ただでさえ安月給なんですから！」

……そうか、と今さら実感する。

野々村《ののむら》さんも、まだ二十代後半。この編集部では、若手な方なんだな……。

そんな光景を眺めながら——僕は自分の中に、あるアイデアが浮かぶのをはっきりと感じていた。

どこにも進めなかった、何も決めることができなかった自分。

けれど——今ここで、それを終わりにできるかもしれない。

周りに一気に追いついて、追い抜いてしまえるほどに——僕は前に進めるかもしれない。

そんな方法が、今の僕にはある気がした——。

「……ということで」

先輩たちとの会話を終え、野々村《ののむら》さんがもう一度こちらを向く。

「ところさん、多分あと一時間もしないうちに出てくると思う。それを待って、何か食べに行こう！　奮発するから、食べたいものがあれば――」

「――あの！」

――気付けば、野々村《ののむら》さんの言葉を遮っていた。

でも――止められない。

見つけた糸口を、手放したくない。

そして僕は――、

「――ここで働かせてもらえませんか！」

――彼にそう尋ねた。

野々村《ののむら》さんは、ちょっと意外そうに目を見開く。

そんな彼に、僕は言葉を続ける。

「まずは、バイトの形で高校卒業まで……そこで使えると思ってくれたら、卒業後も、なんらかの形で……」

――周りのデスク、全員の視線がこちらを向いていた。

怪訝《けげん》そうな編集者、なぜだかうれしそうな編集者、事情がわからないらしくぽかんとする編集者――。

それでも――こんなチャンス、もう二度とないかもしれない。

引くことなんて、絶対にできない――。

「編集として、とか、そういうのじゃなくてもいいんです！　雑用でも何でもするので、ここで……働かせてもらえないですか！」

言い切ると……野々村《ののむら》さんは、その顔にふっと笑みを浮かべた。

そして、

「それは……本気の話かな？」

「もちろん本気です！　もし雇ってもらえるなら、家族にも学校にもきちんと話を通します……」

「んー……」

気づかうような笑みを……千代田《ちよだ》先生にもどこか似た笑みを浮かべて、野々村《ののむら》さんは首元に手をやった。

そして、

「……マジで焦《あせ》ってるんだな」

そういう野々村《ののむら》さんは、困ったようにも喜んでいるようにも見える。

「そうだな……ここで話すのもあれだ、ちょっとそっちのスペース使おう」

言って、彼は編集部の隅にあるミーティングスペースを指差した。

「もうちょっと、詳しく話を聞かせてよ……」

＊

「——やっぱり、この仕事だって思ったんです！」

ミーティングルームで向かい合い、僕は野々村《ののむら》さんに説明する。

どうして、働きたいと思ったのか。なぜ、今そうしなきゃならないのか。

そして——どれだけ僕が、本気なのかということを。

「小さい頃から、本が好きでした……たくさんの作家に夢中になって、生きていく上で必要なことをたくさん学んで……小説が、物語を僕を作ってくれたと言っても、言いすぎじゃないと思います」

——そうだ。

町田出版で働きたいと思ったのは、僕にとってそもそも自然なことなんだ。

自分が一番好きなのが物語で、そこに関わる人たちが目の前にいて――しかも今回、ほんの少しだけど彼らの役に立つことができた。

なら、その先を想像するのはごく当たり前のことのはず。

「うん、うん……」

野々村《ののむら》さんのうなずきも、どこか肯定というか、共感のニュアンスが込められているように思えた。

ただ、

「……もちろん、力不足なのは否定できないです」

その問題は、今も消えたわけではない。

「打ち合わせで見せていただいた野々村《ののむら》さんの提案は……本当に、すごいものでした。そのあとに聞かせてくれたお話も……本当に、次元が違うなって。自分には遠すぎて……才能と、能力の違いを思い知らされました」

才能――。

そう、才能なんだろうと思う。

例えば僕が今まで以上にたくさん本を読んで、創作を勉強したところで、きっと野々村《ののむら》さんと同じ年齢までに、同じレベルにたどり着くことはできない。

「──でも、だからこそ！」

僕は──声に力を込めて主張する。

「できるだけ早く──今からでも、ここで働かせていただきたいと思ったんです！」

「……ふむ」

野々村《ののむら》さんが、じっと僕の目を見る。

一瞬それに怖《お》じ気《け》づきかけるけれど……それでも言葉は止めない。

「野々村《ののむら》さんは、大学を出てから入社されたんですよね？　であれば、それよりも早く──高校の段階で編集の勉強を始めれば、追いつけるかもしれない。僕でも……その年齢で、的確な指摘ができるようになるかもしれない。作家を理解できるかもしれない……だから！」

そして──これまでで一番声に力を込め、僕は野々村《ののむら》さんに言う。

「──どうか……僕を雇ってください！」

ここで働くことができれば──と、僕は想像する。

学校の帰りに町田出版に寄って働く毎日になれば。

卒業してからもここに通い、少しずつでも編集の勉強ができれば──少しは、今の自分を肯定できる気がした。

自分に何か、確かなものがあると思える気がした。

僕には――それが必要なんだ。

強くそう思う。息苦しいほどの渇望《かつぼう》感として、僕は確かなものを必要としている――。

「……なるほどね」

数秒の間を置いて、野々村《ののむら》さんはふわっと笑う。

「説明ありがとう、矢野《やの》くんの気持ちはよくわかりました。なるほどね、びっくりしたけどそういうことか……」

――思った以上に、柔らかいリアクションだった。

拒絶されたり、同じくらいのテンションで質問を返されたり、そんなことを想像して身構えていたから……まずは受け止めてもらえたことに、硬くなっていた気持ちが少しほぐれる。

「しかし、そんな風に思ってもらえる町田出版は幸せな会社だなあ……最近はデカいヒット出してないのに。しかも、僕のことまでそんな風に言ってくれてありがとう。矢野《やの》くんみたいな読書家に才能があるなんて言われるとは……頑張ってきた甲斐《かい》があったよ……」

「いえ、そんな……」

思わず、こちらが恐縮してしまう。

「僕は、本当にまだまだなんで……」

「……それで」

と、野々村《ののむら》さんは指を二本、ピースするように立ててみせ、

「矢野《やの》くんの話を聞いて、こちらから言いたいことは二つ」

「……はい」

「まず一つ目は――この話をする相手、タイミングが完璧であると言うこと」

「……どういうことですか？」

「いやあ、ちょうど今、バイトの人員が不足しててさあ……」

困り果てたように眉を寄せ、野々村《ののむら》さんは背もたれに体重をあずける。

「雑務が編集部員に押し寄せちゃって大変なんだよ。その状態で、今いる子も就活でちょっとずつ来れなくなるらしいし……そろそろ新しい子を採用しなきゃって、部内で話していたんだ。そして――その採用の一連の対応を任されているのが僕だ」

――その話に。

あまりに都合のいい展開に――鼓動が一気に加速する。

つまり、野々村《ののむら》さんは……今この場で、僕をバイトとして採用する権限を、実際に持っている。

「他の部員に話してたら、あるいはもっと前や後にこの話があったら……もうちょっとやっかいなことになってたと思う。いやあ、だから逆に僕もびっくりしたよ……」

「じゃ、じゃあ……！」

言いながら、思わず椅子から腰を浮かせてしまう。

「僕は……バイトとして、雇ってもらえるんでしょうか？」

「まあまあ、もう一個の方の話もさせてよ」

野々村《ののむら》さんは、身を乗り出した僕を両手で押しとどめて、

「もう一つ、話を聞いてて思ったのはね……矢野《やの》くんは一つ大きな勘違いをしてるってことだ」

「……勘違い、ですか？」

「ああ。具体的には、僕に編集の才能があるっていうの。あれはね──勘違いだよ」

──はっきりと、当たり前のことでも口にするみたいに、野々村《ののむら》さんはそう言い切った。

「僕はね、確かにまるで才能がなかったわけでもないと思う、けど逆に……人と比べてずば抜けた何かがあったわけでもない。正直──編集者としては普通だ」

「……ほ、本当ですか？」

どうしても……簡単にはその言葉を信じられない。

あれで普通？　本当に？

「本当さ。というか、今の編集部の中では若手なこともあって、能力が低い方ですらあるよ。実際売り上げの数字も、先輩編集たちの方がずっと多かったりするしね」

「……そう、なんですか？」

そこまで言われても、額面通りにはなかなか信じられない。

それに――もしそうだとしたら。

野々村《ののむら》さんレベルが普通なのだとしたら……、

「じゃあ……僕には編集者なんて、到底無理なんでしょうか」

どうやったって、自分はなかなかあんな風になれないだろう。

なのに、そんな野々村《ののむら》さんが普通かそれ以下だというなら――僕はやっぱり、編集になんてなれないということになる。

けれど、

「ううん、逆だよ」

野々村《ののむら》さんは――ゆっくりと首を横に振った。

「焦《あせ》ることはないよって、僕は言いたいんだ」

――上手《うま》くその意味を飲み込めなくて、言葉の続きを待つ。

「例えば矢野《やの》くんは今……十七歳かな。同じ年のころの僕は……ちょうど百瀬《ももせ》会った直後、二人でミス研で色々してた時期だな。……うん、考え直してみても、やっぱりそうだ。あの頃の僕よりも、そして百瀬《ももせ》よりも――矢野《やの》くんはずっとしっかりしてるよ。能力だって高いと思う」

「……本当ですか？」

そう言われたって、到底信じられない。

「当時から、野々村《ののむら》さんできる高校生だったんじゃないですか？」

「全然そんなことないよ！　あはは！」

妙に面白そうに、野々村《ののむら》さんは声を上げて笑う。

「百瀬《ももせ》としょっちゅう言い合いになったり、もめ事に巻き込まれて大変な思いしたり……うん、今となってはもうちょっとスマートにできたのになって思う。……ああ、そうだ！」

と、野々村《ののむら》さんはポケットからスマホを取り出し、

「確か、当時撮った動画をスマホに移してあるはず……あれを見れば、雰囲気がわかると思うんだけど……」

と、彼はしばしディスプレイをいじってから、

「ああ！　あったあった！」

そのディスプレイをこちらへ向け——再生ボタンを押した。

『……先輩、何撮ってるんですか？』

——映像は、一人の女生徒の怪訝《けげん》な表情から始まった。

猫のような切れ長の目、小作りな鼻に人形のように小さな唇。

そして——綺麗《きれい》なボブヘアーを差し込む夕日に輝かせ、椅子に腰掛けるブレザー姿の女子。

『ん？　いや、百瀬《ももせ》と俺の青春の記録を、映像で残しておこうと思ってさ』

『……こんな場面撮って、何が面白いんですか』

そう言って、不機嫌そうにこちらを見るのは——千代田《ちよだ》先生だった。

おそらく十年ほど前、まだ高校生だった千代田《ちよだ》先生。

顔立ちは今より幼くて、声にも態度にも棘《とげ》があって……クラスにいる、取っつき辛《づら》い女子といった印象だ。

そんな彼女が……僕らの部室にも似た学校の狭い部屋にいる——。

……千代田《ちよだ》先生、こんな感じだったのか。

今でこそあんなに大人びてるのに、当時はこんな、尖《とが》った感じだったのか……。

そして、

『何でもない場面だからこそだろー』

言って、撮影者はくるりとカメラを回し——自撮りの要領で、千代田《ちよだ》先生と並んでカメラに映る。

『いえーい！　これを見てる未来の自分は何歳なんだろうな？』

——ごく普通の、男子だった。

僕のクラスにもいそうな、なんとなく友達になれそうな雰囲気の、人なつっこそうな男子
——。

十年前の野々村《ののむら》さんは、彼の言うとおり、本当にごく普通の男子高校生にしか見えなかった
——。

『そっちはどんな感じですかー？　楽しく暮らしてますかー？　……もしかして、まだそのときも百瀬《ももせ》がそばにいたりしてな』

その発言に――不機嫌そうだった千代田《ちよだ》先生の口元がもにょもにょと動く。

『なんだか……そんな予感はしますね。いつまでも腐れ縁というか、離れられなそうというか……』

『お互い三十過ぎて独身で、未《いま》だに失恋探偵やってたりしてな、あはは……』

――隣の野々村《ののむら》さんが、恥ずかしそうに鼻を掻《か》く。

この当時のこの人は――まさか自分がその千代田《ちよだ》百瀬《ももせ》と結婚するなんて、本気で想像もしていなかったのかもしれない。

ただ千代田《ちよだ》先生の側は、むしろこの段階で思うところがあるようで、

『……まあ、それはそれで悪くないかもしれませんね』

『えーそうかー？　さすがにその年だと周りもみんな失恋とかで悩んでないだろー』

『だとしたら、若い子を相手にすればいいんですよ。……と、先輩、そろそろ依頼者が来る時間です』

『おお、そうか。……じゃあ未来の自分、またなー！　元気でやれよー！！』

そして――映像は、千代田《ちよだ》先生の横で手を振る野々村《ののむら》さんの姿を映して終わった。

「──そんなわけで」

目の前の──映像の十年後の野々村《ののむら》さんが、声を上げる。

「……本当に普通だったでしょ？」

「そう……ですね」

「しかもこの頃僕、小説は読んでたけどほとんどミステリだけだったからね。今みたいに、文芸の仕事をやるなんて想像もしてなかったし……」

「……先日も、そうおっしゃってましたよね」

「だから、僕が言いたいのは──焦《あせ》らなくていいんじゃない？ってこと。もちろん、矢野《やの》くんにとってこのタイミングがベストなら、僕は君を雇うよ。それだけ物語が好きで、覚悟が決まっているなら十分だ。話し方からしても、成績だってよさそうだし」

ただ、と野々村《ののむら》さんは目を細め、

「僕はむしろ──矢野《やの》くんは、もっときちんとモラトリアムするべきなんじゃないか、っていう気がするんだ」

「きちんと……モラトリアムですか？」

「うん」

表情に自信を覗《のぞ》かせ、野々村《ののむら》さんはうなずく。

「宙ぶらりんなときって、確かに辛《つら》いのかもしれない。焦《あせ》るだろうし置いてきぼりな気分だろうし、矢野《やの》くんみたいに真面目だったらなおさらだ。──けど」

と、野々村《ののむら》さんは頬杖《ほおづえ》をつき、

「──まだ決めるべきではないタイミング、っていうのも、確かにある。そして、それをちゃんとやり過ごし、必要なタイミングで必要なことを決めるには……ある程度の余裕が必要だと思うんだ」

「……余裕、ですか」

「うん、割と経験則だから、あんまり上手《うま》く説明できないんだけど……」

言うと、野々村《ののむら》さんは申し訳なさそうに笑った。

「追い詰められてるとさ、やっぱ焦《あせ》っちゃうんだよなあ。偽物《にせもの》のチャンスに飛びついたり、逆に本物のチャンスをうっかり逃しちゃったりして。そういうのが一番上手《うま》くいくのって、余裕があるときだと思うんだよ」

「……それは、わかる気がします」

これまでの経験を振り返っても、確かにそうだったように思う。

テストを受けるにしろ運動をするにしろ、結果が出るのはリラックスしているときだった。

そして、その観点で言えば──僕は今、リラックスからほど遠い状況だ。

「だから矢野《やの》くんは、まだ決めるべきタイミングにないような気がするんだ……。だとしたら、今は焦《あせ》らず前に進まず、存分にモラトリアムした方がいいと思うんだよ。学生なんて、国が許したモラトリアム期間みたいなもんなんだからさ……」

　確かに、そうなのかもしれない。

　こんなに苦しくて、それでも答えが見つからないのは——それは僕が、まだ単に決めるべきタイミングにないからなのかもしれない。

　立ち止まる必要があるからなのかもしれない。

　けれど——一つ気になることがある。

「……野々村《ののむら》さんも」

　思い切って、僕は尋ねてみることにする。

「野々村《ののむら》さんも、モラトリアム期間を経験したことがありますか？　それを、楽しむことができましたか……？」

「……あー、僕かあ……」

　腕を組み、視線を上げる野々村《ののむら》さん。

「僕はむしろ、学生時代はモラトリアム以外のなにものでもなかったよ……。それこそ高校のときも、大学だってそうだ」

「……そう、なんですか？」

「うん。むしろ大学は、モラトリアムの延長って意味で入った部分も大きいよ。百瀬《ももせ》との関係だって、ずっとモラトリアムみたいなもんだったんじゃないかな。恋人同士って、そもそも根本的にちょっと猶予期間みたいなものだったりするじゃない？」

「……そうかも、しれませんね」

その関係になることで、何か社会的責任が発生するわけではない。

法的には何の拘束力もないし、何か義務が生まれるわけでもないけれど——本人たちには心《こ》地《こ》好《ち》い関係。


それは確かに猶予期間、モラトリアムに近いのかもしれない。

「むしろ、大人になるとモラトリアムしたくてしょうがないよー！」

ぐはーと息を吐いて、野々村《ののむら》さんは笑った。

「仕事でもさー、なんかこう、売れる恋愛ものの作品とか作って、延々キャラにモラトリアムさせて続刊しまくりたいよね……。これだっていう結論出したり関係を決定的にしたりは一切なしで、ずっと心地いい関係なの。そうしてる間は、編集者もモラトリアムみたいなもんだよ……安定飛行さえ続けてれば、結果がどんどん出てくれるんだから……」

心底恨めしそうな、商売っ気ダダ漏れのその物言いに、思わず笑ってしまった。

そうか……編集者もやっぱり大変なんだな。ところさんだって、どちらかというと続刊を出すより単巻ものを書いているイメージがあるし。野々村《ののむら》さんの言うようなモラトリアム状態は、なかなか作り出しにくいんだろう。

「まあ、脱線しちゃったけど——僕が言いたいのは」

と、野々村《ののむら》さんは話を軌道修正する。

「もう少し――矢野《やの》くんはぼんやりしてみてもいいんじゃないかってこと。決めるべきときがくれば自然にそういう風になると思うし――それまでは、あまり焦《あせ》らない方がいいんじゃないかな」

*

――町田出版からの、帰り道。

総武線のシートに座り窓の外を眺めながら、野々村《ののむら》さんの言葉について考えていた。

車内は帰宅客でそこそこ混み合っていて、吊革《つりかわ》に摑《つか》まる人々の合間から千代田《ちよだ》区の夜景が流れていくのが見える。

西荻《にしおぎ》辺りとは違って、この辺りの街灯《あか》りはむしろシックで穏やかにも思えた。

「――『ぼんやりしてみても』か……」

彼の言葉を、僕は小さく反芻《はんすう》してみる。

「……そんなの、考えたこともなかったな」

思えば物心ついた頃から現在に至るまで、どちらかというと生真面目に生きてきた。

勉強だって頑張った方だし、人間関係にしても何にしても、考え過ぎというくらい考えてきた。

そして──それが一番、いいのだと思っていた。

自分にとっても周りの人間にとっても、そうすることが一番有益なのだと。

そのあり方が何よりも誠実なのだと。

……けれど、

「そうでも、ないのかなあ……」

野々村《ののむら》さんの言葉で、もう一つ引っかかったものがある。

『──必要なタイミングで必要なことを決めるには、ある程度の余裕が必要だと思うんだ』

──そうなのかもしれない。

素直に、そう思った。

偽物《にせもの》の機会にすがってしまわないためにも、本物の機会を逃さないためにも、僕らには柔軟性が必要で──それを手に入れるための方法が、野々村《ののむら》さんの言う『ぼんやり』なのかも……。

そしてきっと──その『ぼんやり』というのは、修学旅行までの僕とはまた違う意味なんだと思う。言ってみれば、現実から目を逸《そ》らすためのぼんやりではなく、現実を受け入れた上での鷹揚《おうよう》さだ。

——大きく息を吸って、吐き出した。

気付けば、肩の荷が少し下りたような気分だった。

凝り固まっていた頭と気持ちに、遊びができたような感覚。

そして——自然に思う。

「……もう少し、勉強したいな」

確かに出版は魅力的だ。あそこで働ければどれだけ幸せだろうと思う。

じゃあ……本当に、自分に取ってそれがベストなのか。もっと世の中には、僕が楽しめる仕事があるんじゃないのか。

今はなんだか、それを探してみたい気分だった。

「……よし」

鞄《かばん》を開け、ずっと白紙のままだった進路希望調査の紙を取り出す。

そして僕はそこに——シャープペンで、こう書き込んだ。

名前：矢野四季《やのしき》
進級希望コース：文系特進コース
卒業後の希望進路：四年制大学進学

「……うん、これでいいかな」

書き上がったプリントを眺めてみると、なんだかそれは結構悪くない未来な気がして――僕は思わず、車内で一人笑ってしまった。

【環状線の上世界史】

インターミッション
Intermission

Bizarre Love Triangle

三角の距離は限りないゼロ

「――もしもし、み、水瀬《みなせ》ですけど……」

――その晩。自室のベッドの上で。

緊張気味にスマホに向かってそう呼びかけると、

『……え、もしもし？　もしかして……××ちゃん？』

スピーカーの向こうから、大人の女性のそんな声が聞こえてきた。

「は、はい！　あの、お久しぶりです、春《はる》……じゃなかった、××です……」

『わー！　本当に久しぶりじゃない！　小学校くらいから、お会いしてなかったわよね？　十年ぶり……くらいになるかしら？』

「……そう、なりますかね……」

スマホを持つ手に汗が滲《にじ》んだ。

変なことを言ってしまわないかと気が気じゃなくて、いつも以上に言葉が出てこない。

でも……こうしてでも『確かめたいこと』があるんだ。なんとか上手《うま》く会話をしないと――。

わたしが今――話しているのは、幼稚園の頃の先生だ。

当時とても仲良くしてもらって、卒園してからも時々連絡を取り合う中で――家庭の状況が一変するあの直前まで、定期的に顔を合わせていたかつての知人。

――つまり、幼い頃の「わたし」を知る女性だ。

そんな彼女に――秋玻の古い知り合いに、わたしは今、電話をかけている。

——秋玻《あのこ》でなく、春珂《わたし》の人格で。


『今××ちゃんどうしてるの？　今も、富岡のお家《うち》に住んでるの？』

「いえ、今はもう、家庭の事情で東京に住んでて……」

『まあ！　東京!?　ずいぶん遠くに越しちゃったのね……。高校生になるのかしら？　もう大学生？』

「あ、この春三年生になります……だから今は、十七歳で……」

『まー立派なお姉さんになって！　綺麗《きれい》になったんだろうねえ……』


——矢野《やの》くんに、二人でチョコを渡したあの日の夜。

スマホのメモ帳で、わたしは秋玻《あきは》といくつかの大切な話をした。

話題はまず——わたしたちが矢野《やの》くんを苦しめてしまっていること。

二人を大切にしてほしい、平等に好きになってほしいというお願いを、矢野《やの》くんは完璧にこなしてくれたと思う。

今も、わたしと秋玻《あきは》の入れ替わる時間は三十分くらい。修学旅行の頃と変わらない。

これはつまり——きちんと彼が、わたしたちを同じだけ大切にしてくれた証《あか》しだ。

彼がわたしたちに同じだけ、好意を向けてくれたという証拠——。

そのことには、感謝してもしきれない。

けれど……わたしたちは気付いている。


——矢野《やの》くんを、追い詰めてしまったと思うの。

——やっぱり、そうだよねえ。。。。。。


薄々、予感していたことではあった。

真面目な彼のことだ。二人ともに色々できてラッキー！　くらいに思ってくれればいいのに、きっと矢野《やの》くんは思い悩んでしまう。わたしたち二人に好意を向けることに、罪悪感とか辛《つら》さを感じてしまう……。

案の定——バレンタインのあの日、矢野《やの》くんは秋玻《あきは》の前で、はっきりと苦悩の色を見せたらしい。彼が思い詰めているのは、間違いないと思う。

……まあ個人的には、そのとき秋玻《あきは》が、矢野《やの》くんと何をしたのかも気になるところだけど……。

なんか妙に、身体《からだ》が熱かったし……。きっと、相当すごいことしたんだろうなあ……。

……とにかく！　矢野《やの》くんは、そろそろ限界だ。

だからわたしたちも、そろそろ踏み出さなければいけない。いつまでも、彼の優しさに甘えていることはできない──。

それが、まず一つ目の話題。

そして……もう一つは、わたしたち自身のこと。

──確かめたいことがあるの。

メモ帳の中で、秋玻《あきは》はそう言っていた。

──昔の知り合いが、春珂《はるか》と話してどう思うか。

──違和感を覚えるのか。それとも、問題なく受け入れられるのか。

その書き込みを見て──反射的に理解した。

秋玻《あきは》が何を確認したいのか。

どんな反応があったときに、どんなことを考えるのか──。

思い出すのは、先日矢野《やの》くんが秋玻《あきは》とアルバムを見返したときの話だ。

秋玻《あきは》曰《いわ》く――矢野《やの》くんは、かつての秋玻《あきは》の写真を見て、写っているのがわたしだと勘違いしたらしい――。

じゃあ、果たして別の人は同じような質問をして、どう返してくれるのか。

例えば――当時の秋玻《あきは》を知っている人が、今の春珂《わたし》と話してどう感じるのか……。

ちょっと、抵抗は覚えたんだ。

それは――わたしたちの『根本』を探る確認だ。

場合によっては、わたしたちの関係を、あり方を大きく左右する――。

けれど、

――わかった、やってみよう！


わたしはそれに同意した。

秋玻《あきは》がそれを確かめたい気持ちは理解できたし――それ以上に、わたしは知りたかったんだ。

――わたしたちの、本当の姿を。

――二重人格の、本当の意味を。


「……あの、せ、先生……」

特に大きな食い違いが起きることもなく。しばらく会話が続いたところで――わたしはついに、先生に切り出した。

「どうでしょう……わたしって……あの頃と比べて……」

『……あの頃と？』

「はい……」

怪訝《けげん》そうな先生の声に、わたしは思わず部屋で一人うなずく。

「あの、先生といた頃から十年くらい経《た》って……その、結構、変わったかもなーって……。だから、先生から見て……別人、みたいになっちゃったりしてないかなーって、そんな風に思って……」

『……ああー、そういうこと！』

ようやく理解できた様子で、先生はからっと明るい声を上げた。

『そうねえ、うふふ……』

そして彼女は――どこかうれしげな様子で。

幸せな近況でも報告するような口調で、こう答えた――、

『今の××ちゃんは、あの頃と比べて――』

エピローグ
Epilogue

【幕開け】

Bizarre Love Triangle

三角の距離は限りないゼロ

「……そう、文系特進コースに決めたのね」

週明け、進路希望のプリントを提出した日の放課後――。

僕の報告に、部室で秋玻《あきは》は頬をほころばせた。

「わたしと春珂《はるか》も同じだよ、文系特進希望……。来年も、三人で同じクラスになれるといいね……」

「ああ、そうだな」

うなずいて、彼女にほほえみ返す。

「理系の修司《しゅうじ》、進学コースの須藤《すどう》とはバラバラになっちゃうけど……柊《ひいらぎ》さんとは、同じになれるかもしれないし。良《い》いクラスになるといいな……」

窓から差し込む光に、部室の中は飴色《あめいろ》に照らされていた。

二月下旬。

寒さは一年のうちで一番と言ってもいい頃だけれど、景色はほんの少しずつ、春に近づいていっているようにも見える。

もうすぐで――秋玻《あきは》、春珂《はるか》と出会って一年が経《た》つ。

「……どんなことがあるんだろうな」

頬杖《ほおづえ》をつき窓の外を見て、僕はこれからの僕らを想像する。

「受験勉強が始まって、入試があって、大学生になって、大人になって……これから僕らは、どうなっていくんだろうな……」

口にしてみて——そんなこと考えるのは、初めてかもしれないと気付く。

これまで僕は、目の前にあることをこなすので精一杯だった。

自分がどうするべきか、誠実であるためどうなるべきか、それを追うので手一杯で……未来のことや過去のことに思いを馳《は》せる余裕なんてなかった。

——きっと、野々村《ののむら》さんのおかげなのだと思う。

こんな気持ちでいられれば、きっと「本当の機会」を摑《つか》めるのだと思うし——秋玻《あきは》、春珂《はるか》との関係も、もう少し柔らかく受け止められる気がした。

——けれど、

「……ありがとう」

ふいに、秋玻《あきは》がぽつりとこぼすように言う。

「……何が？」

「同じだけ、大事にしてくれてありがとう。わたしと春珂《はるか》を、大切にしてくれてありがとう
……」

「……秋玻《あきは》？」

その声色に——思わず彼女の方に向き直った。

秋玻《あきは》は今きっと、大切な話をしようとしている——。

彼女は視線を机に落としたまま――淡い日差しに照らされながら、ぽつぽつと言葉をこぼし続ける。

「それから……大変な思いをさせてごめんなさい。きっと、すごく辛《つら》かったと思う。真面目な矢野《やの》くんのことだから……。でも、もうそれも終わりだよ。春珂《はるか》と話して決めたから……」

そして彼女は――顔を上げ。

声も出せない僕にほほえみかけると、こう告げた――。

「――やっぱり、選んでください」

「――わたしと春珂《はるか》、どっちを好きなのか。気持ちを確かめてほしいです」

「――ごめんね……何度も勝手なこと言って。けど、そうしてほしいと、二人で決めたの――」

「……いいのか？」

最初に出たのは、そんな疑問だった。

「僕が選ばないことで、二人はずっと二人のままでいられるはずだったんだろ？　春珂《はるか》は消えなくて済むはずだったんだろ……？」

それは——僕らの希望のはずだった。

いつか春珂《はるか》は消えてしまうと言われていた。だからこそ、彼女が精一杯人生を楽しめることを、僕らは常に意識してきた。

だから……そんな未来を変えられるなら。

春珂《はるか》が消えなくて済むのならと、僕は自分の気持ちを決めずにいたのだ。

それなのに、なぜ……今になって、二人は選んでほしいだなんて。

けれど、

「……ごめん、ここからは春珂《はるか》と二人で話して」

秋玻《あきは》はそう言って、ちょっと寂しげに眉を寄せる。

「この話は、どうしてもわたしと春珂《はるか》、両方からしたかったから……タイミングを待ってたの。もうすぐ、春珂《はるか》に入れ替わるから……」

「……うん、わかった」

「本当に、わがままばっかり言ってごめん」

それだけ言うと——秋玻《あきは》は小さくうつむく。

そして、

「……あ、入れ替わった」

春珂《はるか》が相変わらずの、のんきな表情で顔を上げた。

「……もう、秋玻《あきは》からある程度話は聞いてくれた？」

「うん……」

春珂《はるか》に、秋玻《あきは》からどこまで聞いたのかを説明する。

そのうえで——改めて、僕は春珂《はるか》に尋ねた。

「本当に……それでいいのか？　春珂《はるか》とずっと一緒にいるためなら、僕は気持ちを決めなくたっていいよ。このままでいればいいと思う。それでも……本当に、気持ちを決めた方がいいのか？」

「……うん」

彼女らしい穏やかな、どこか幼い表情で春珂《はるか》はうなずいた。

「あのね……秋玻《あきは》と話して、思ったんだ。二重人格が終わるとしても——きっとそれは、悲しい結末なんかじゃないって。それだけが——わたしたちが、わたしが——正しくわたしである方法なんだって……」

「……終わったら、春珂《はるか》は消えるんだろ？」

言葉にすることに抵抗を覚えながら、僕は確認する。

どうしてもそこだけは——はっきりと、把握しておきたい。

「二重人格が終わって、人格が統合したら……春珂《はるか》はいなくなっちゃうんだろ？」

それが——『正しくわたしである方法』だなんて、到底思えなかった。

そんな未来が待っているとしたら、僕はやはりどちらかを選ぶなんて、絶対にしたくない。

けれど、

「……どうなんだろうね」

春珂《はるか》の返答は、ずいぶんとぼんやりしたものだった。

「それだって、本当はわからないと思うの。二重人格が終わって、わたしが消えるのか。それとも、他の予想もしていなかったことが起きるのか……。すごく最初の頃、お医者さんにいつか春珂《わたし》は消えるって説明されたけど……そのあと、細かく『今はどうですか⁉』なんて確認したわけじゃないしね。あれから状況だって、わたしたちの気持ちだってすごく変わってるし……」

「……そう、なのかな」

「まあ、わかんないんだけどね。全部、憶測でしかないよ。ただ……」

と、春珂《はるか》は思い出すように足下に視線を落とすと、

「昨日の夜、昔の秋玻《あきは》の知り合いに電話してみたの。わたしが生まれる前の、春珂《はるか》の存在なんて知らない、幼稚園の頃の先生に」

「……それは、春珂《はるか》のままで話したのか？」

「うん……。なのにね、その人『あなたは、小さかった頃のままだ』なんて言うんだ。不思議だよね、先生が知っていたのは秋玻《あきは》のはずで、わたしと秋玻《あきは》は、あんなに性格が違うのに……」

――その先生と会ったことはないのに、その気持ちは理解できそうな気がした。

実際僕も――アルバムに写っていた過去の秋玻《あきは》を、春珂《はるか》と見間違えたんだ……。

そして春珂《はるか》は――その目にはっきりした意思を。

揺るぎない自信を光らせ、こう続ける――。

「だからね、思ったんだ。わたしも――春珂《はるか》も、間違いなく本物なんだって。秋玻《あきは》の副人格とか、一時的に生まれただけの仮の人格とか、そういうことじゃない。間違いなく、一人の人格なんだって――」

――出会った頃は、あくまで『秋玻《あきは》の中に生まれた人格』という認識だった春珂《はるか》。

いつかは消える儚《はかな》い存在として、特別に感じられた春珂《はるか》。

けれど今――その存在はずっと大きく、しっかりしたものになった。

だから、確かに僕も思うのだ。

彼女は間違いなく、一人の人間だ――と。

「そんなわたしと秋玻《あきは》が、同じ身体《からだ》にバラバラでい続けるのはやっぱりおかしいし……そんな二重人格が終わるときに、わたしたちを待っているのは、悲しい結末じゃないと思うの。具体的に、どんな結果が待ってるかはわからない。わからないけれど――このままでいることだけは、きっと間違いだって思ったんだ」

春珂《はるか》が――僕を見る。

その目に何億光年の暗がりと銀河を宿し――僕に告げる。

「だから――矢野《やの》くん。選んでくれる？」

――彼女たちの気持ちは、理解できた。

結局、これから二人がどうなるかなんてわからない。

確かなことなんて――一つもない。

けれど、このままでいることはきっと間違いなんだろう。

気持ちに嘘《うそ》をついて、何も決めないままで心地いい時間を過ごす――。

それはきっと、秋玻《あきは》のためにも、春珂《はるか》のためにも――そして、僕自身のためにもならない。

今ようやく、そう思えるときがきたんだ――。

だから――春珂《はるか》の問いに、僕は大きく息を吸い込むと、はっきりとうなずいた。

「わかった、選ぶよ――」

春珂《はるか》はその顔にどこか切なげな笑みを浮かべると――。

大きくうなずいて、僕にこう答えた。

「うん――ありがとう、矢野《やの》くん！」

＊

――そして、わたしたち最後の『取り合い』が始まったのです。

あとがき

五巻……ずいぶんと遠くまできたものです。

『三角の距離は限りないゼロ』も本格的にシリーズ後半。応援本当にありがとうございます。

おかげで、じっくりと時間をかけて納得のいくまで物語を書くことが出来ています。

その、なんとありがたく幸せなことか……。

前巻でもちょっと話したと思いますが、ここからは秋玻《あきは》と春珂《はるか》の過去がテーマになっていきます。さらにその中でも、今巻は自分の中で『恋愛面で一歩踏み出す巻』『大人組と絡《から》む巻』という位置づけでした。

前者……『恋愛面』は、読んでくださった方ならどういうことか分かると思います。

あんまりこういうライトノベルでは、踏み込まないとこまで踏み込んだのではなかろうか。

自分としても書きながらはらはらしましたし、こうしてあとがきを書いている今も、自信と不安の間で割と気持ちが揺れ動いています。

けれど、こういうことを書くのはシリーズを始めた当初からの目標でした。

一巻で須藤《すどう》が言っていたとおり、高校生の恋愛は両思いでゴール、とかではない。

だとしたら、その先もできる限りごまかさずに描いていきたいなと。

だからこそ、読者の方がこの巻で、ドキドキしてくれたらそれ以上に嬉《うれ》しいことはないなと思います。

それから『大人組』の件。

なんかこう、高校生の頃を思い出すと、大学生以上の人。さらに言えば二十歳以上の人って、自分とは別種の存在、完全な大人に見えたものでした。

けれど、いざその年齢を過ぎてみると、体感としては全然そんなことないんですよね。

その辺の落差を、今回は物語の中に落とし込んでみました。こちらも楽しんでいただければ幸いです。

そう言えば、皆さん表紙イラスト見ました？　ここ読んでるってことは、まあ見てないことはないと思うんですけど。もう僕、あのイラストを初めて拝見したときに素でドキッとしましてね。はあ……本当すき。もうなんならＨｉｔｅｎさんのイラスト目当てで永久に何か書き続けていたい……。よしこうなったらマジで企画を立ち上げ作家生命の続く限りＨｉ（文字数）

それから、この五巻と同時に岬《みさき》鷺宮《さぎのみや》の新作『日和《ひより》ちゃんのお願いは絶対』が発売となります。こちらも『三角～』と同じ恋物語。『お願い』を絶対遵守させる力を持った女の子がヒロインです。岬がずっとずっと書きたかった話なので、『三角～』をここまで読んでくださった方にも是非手に取ってみていただきたい。どうぞよろしくお願いします。

ということで五巻でした。よければまた六巻でお会いしましょう。さらばだ。

岬　鷺宮

エクストラコンテンツ

Extra content

(Extra Content)

【９９×１００】

「――ただいま～」

彼のそんな声が玄関から聞こえてきたのは――夜もずいぶん更《ふ》けた頃。

午前0時近くのことだった。

今日は遅くなるだろうと思ってたけど……こんな時間になるのは久しぶりかも。

ソファで本を読んでいたわたしが顔を上げると、見るからにへとへとになった夫――九十九《つくも》がふらふらとリビングに入ってくる。

「おかえりなさい。遅かったね」

「うん。いや～結局色々あってさ……」

彼は苦笑しながらコートを脱ぎ、

「……疲れた」

言いながら、どさっとソファに腰掛けた。

帰宅時はいつもこんな感じだけど……今日はちょっと、いつもよりお疲れの様子かも。

多分……わたしが提案した色々がきっかけで。

ごめんね、と心の中で謝ってからキッチンに向かいつつ、わたしはもう一つ声に出して謝る。

「ごめん、ご飯先に食べちゃった……」

できれば、九十九《つくも》と一緒に食べたかったんだけど。

九十九《つくも》が先に帰ってきた日には、結構彼が作った上でわたしを待ってくれていたりするんだけど……さすがに今日は、我慢できなかった。

　けれど、

「ああ、いいのいいの」

　軽い口調で、彼はひらひらと手を振ってみせる。

「こんな時間まで待ってたら百瀬《ももせ》もお腹空《なか》くだろうし」

「……ありがとう」

　コンロに火をともしつつ……わたしは胸にも、ぽっとうれしさが宿るのを感じる。

　夫と——野々村九十九《ののむらつくも》と出会ったのは、もう十年以上前のことになる。

　あれから色々あったし、高校生だったわたしたちは大人になった。

　わたしは宮前《みやまえ》高校の現代文教師。

　九十九《つくも》は町田出版の編集者。

　それでも——こうして彼に気づかわれるうれしさは。

　優しさを感じる幸福は、初めて恋をしたあの頃と変わらない——。

「……それで、どうだった？」

　準備を続けながら、カウンター越しに彼に尋ねる。

「矢野《やの》くんと、色々話できた？　ところちゃんの方も、上手《うま》くいった？」

　——矢野《やの》くんと、もう一度話してみてもらえないかな。

彼が未《いま》だに進路に悩んでいる様子なのを見て、わたしは夫にそうお願いした。

なぜだか矢野《やの》くん、町田出版に行ってから一層悩み始めたように見えたし……それをわたしに打ちあけてくれる気配もない。

だとしたら、九十九《つくも》の方からアプローチすれば、何か変化があるんじゃないか——そんな風に思ったのだ。

しかも、タイミングよく（？）ところちゃんも、原稿で悩みどころがあったらしい。

それをダシにして（ところちゃんごめん……）、矢野《やの》くんに連絡するよう九十九《つくも》にお願いをした。

今日彼が遅くなったのも、多分それが原因なんだと思う。

「ああ、それがさ……」

九十九《つくも》はこっちを見ると、どこはうれしそうな、困ったような顔で笑い、

「矢野《やの》くん——今すぐ町田出版でバイトとして雇ってくれって言い出して」

「……えええええっ!?!?」

——思わず、大声を出してしまった。

持っていたお皿まで取り落としかける——。

だって……雇って⁉

しかも、今すぐ⁉

けれど、九十九《つくも》は楽しくて仕方ない表情で、

「で、よかったら卒業後もそのまま働かせてほしいって」


「だ、ダメだよそんなの！」

もう一度、反射的に大声が出た。

「うちの学校、許可のないバイトは禁止だし！」

もちろん、事情があるなら仕方ない。ご家庭の経済事情とかそういうのは。

けど……矢野《やの》くんの家がお金に困ってるみたいな気配はなかったし、しかもよりによって三年生になるこのタイミングで⁉　前触れもまったくなしに⁉

それはちょっと、担任としては賛同しかねます……！

焦《あせ》るわたしに、

「ああ、大丈夫大丈夫」

ちょっといたずらな表情で九十九《つくも》は笑う。

「ちゃんと色々話して、そうじゃない方向で納得してもらったから」

「……そ、そうなの？」

ようやくちょっと落ち着いて、我に返りながらわたしは確認する。

「本当に大丈夫？　矢野《やの》くん、ちゃんと納得してくれた？　変に混乱させてない？」

「うん、大丈夫だと思う。あの感じなら——彼にとって良い答えを見つけられるんじゃないかな」

「……そう。なら、いいんだけど」

九十九《つくも》が言うなら——この人が言うなら、きっと大丈夫なんだろうと思う。

この人は、無責任にそういうことは言わない。

しかもそれが、わたしの大切な生徒に関することだったらなおさら。

けれど、

「……どういうことを話したの？」

まだちょっと、疑問が残る。

矢野《やの》くんがどういうことを悩んでいたのか。

それを九十九《つくも》が、たった一度話すだけでどうやって解決に導いたのか。

「大した話はしてないよ。ただ、焦《あせ》らなくていいよってことを教えただけ」

「……本当にそれだけ？」

「うん。……ああ、あとは、俺たちの高校の頃の映像見せた」

「……何それ⁉」

またもや大声が出た。

「高校の頃の……映像⁉　そ、そんなのがあるの？」

「うん」

「ど、どこに……？」

「俺のスマホの中」

「み、見せて！」

あわててキッチンを出て彼の隣に座り、手の中のスマホを覗《のぞ》き込《こ》む。

そんな映像があるなんて、知らなかった……。

しかもそれを、生徒に見せるなんて……。

どうしよう、変な映像だったら。

高校の頃の自分のことを考えれば……うん、その可能性は十分にある。

せめて、矢野《やの》くんに失望されないような内容だといいんだけど……。

「ん」

彼がこちらに肩を寄せ、スマホを再生してくれる。

いつもならそのままいちゃいちゃしたくなる距離感だけど、今はそういうわけにもいかない。

画面の中で始まる映像。

そしてそこには、

『……先輩、何撮ってるんですか？』

『……こんな場面撮って、何が面白いんですか』

ずいぶんと不機嫌そうな――女子高生の頃のわたしが映っていた。

夕方のミス研部室で、とげとげした表情で九十九《つくも》に言葉を返すわたし……。

髪が綺麗《きれい》とかお肌がつやつやとか、二十代の今とは違う十代特有の幼さも目につくけれど、それ以上に。

――気難しげに寄せた眉。

――冷めたような視線。

――妙に冷静ぶった口調。

「……あ、ああああ～……」

喉からそんな声があふれ出す。

一気に頬が熱くなって、思わず顔に手を当てた。

この頃のわたし……どう生きていけばいいかわからなくて、必要以上に張り詰めていた頃の自分。そんな姿を今見ると、自意識の塊にしか見えなくて……いたたまれなくてたまらない。

きつい、これはきつい……。

いや、中二病とかだったら今ならほほえましく見ることができるのだ。けれど、こういう高二病みたいな態度は……今もそういうのから微妙に抜け出しきれていない分……気恥ずかしさがダイレクトに来る……。

しかも――、

『――なんだか……そんな予感はしますね。いつまでも腐れ縁というか、離れられなそうというか……』

『――まあ、それはそれで悪くないかもしれませんね』

『――だとしたら、若い子を相手にすればいいんですよ。……と、先輩、そろそろ依頼者が来る時間です』


……まあ、バレバレだ。

この段階でわたしが先輩のことを――九十九《つくも》を好きなのが、あからさまに態度に出ている。

当時の九十九《つくも》本人はまったく気が付いていない様子だし、もしかすると今も動画内のその気配を察していないんじゃないかと思う。

でも……矢野《やの》くんは気付いただろうなあ……。

ああ～……これを生徒に、見られたのか～……。

顔が火を噴きそうに熱くなる。

全身に汗が滲《にじ》んで、思わずエアコンの設定温度を下げた。

明日からわたし、どんな顔して授業すればいいんだろう……。

こんな恥ずかしいとこ見られて、どうやって威厳を保てば……。

ふらふらとキッチンに戻り、夕飯の準備の続きに取りかかる。

けれど、あまりにショックを受けたわたしは、自然としまってあったワインに手を伸ばし、ちょびちょび飲み始めてしまう。

そして、九十九《つくも》の夕飯の準備ができた頃には、

「……お待たせ～」

すっかり酔っ払ってしまっていた。

「お、おう、ありがとう……つうか、大分出来上がってるな。大丈夫かよ」

お皿を受け取りテーブルに並べながら、九十九《つくも》が驚く。

その表情がなんだか憎らしくて、けれど頭はふらふらしてしまっていて、

「……誰のせいだと思ってるんですか」

気付けばわたしは、高校のときのような口調になってしまっている。

「先輩が、勝手にあの動画見せるから……こうなったんでしょ。生徒にあんなの見られるなん

て……」

「別にいいだろー。矢野《やの》くんだって、あれ見て気持ちが動いたとこもあったみたいだし」

「……本当ですかね」

「本当本当。いただきまーす」

両手を合わせて、先輩が料理を食べ始める。

簡単な炒《いた》め物とサラダ、ご飯とお味噌汁《みそしる》という取り合わせ。

わたしの帰宅もちょっと遅めで、質素なメニューになってしまったけど、

「……うん、おいしい」

先輩はぱっと顔を明るくし、うれしそうにそれをほおばってくれる。

「いいなこの炒《いた》め物。ありがと、百瀬《ももせ》」

——結婚してしばらく経《た》つけれど。

この人は今でも、わたしが作ったご飯を毎回おいしいと言ってくれる。

それほど料理が得意な方ではないし、なんなら先輩の方がたくさんレシピを知っているくらいだ。それでも、こんな料理に対してその表情を見せられると、この人と結婚してよかったな、なんてごく自然に思う。

——そこで、ふいに眠気が押し寄せる。

このところ夜更《よふ》かしが続いていたし、わたしは酔うと眠くなるタイプだ。

彼の向かい、テーブルに突っ伏してしまいながら、

「……先輩」

「ん？」

「先輩の言ったとおりになりましたね……」

わたしは夢うつつで、そんな言葉をこぼす。

「大人になっても……こんなに近くにいますね……わたしたち」

「だな」

先輩がお味噌汁《みそしる》を口に運び、面白そうにほほえむ。

「そういう読みは、百瀬《ももせ》の方が得意だったのにな。あの頃の百瀬《ももせ》にそれを教えたら、どんな顔するだろ。きっと驚くだろうし文句言うだろうなあ」

いたずら好きの男子みたいな、ちょっと幼い表情をしている先輩。

けれど、そんな彼に、

「……そんなことないと思います」

「そうかあ？」

「きっと……隠しきれないと思います」

半分眠りに落ちながら——わたしはこう教えてあげる。

「鈍い先輩にも気付かれるくらいに……わたし、よろこんじゃうと思います」

Extra content

◉岬　鷺宮著作リスト

「失恋探偵ももせ1〜3」（電撃文庫）
「大正空想魔術夜話　墜落乙女ジエノサヰド」（同）
「魔導書作家になろう！　＞ではダンジョンへ取材に行きますか？（はい／いいえ）」（同）
「魔導書作家になろう！2　＞ならば魔王の誘いに乗っちゃいますか？（はい／いいえ）」（同）
「魔導書作家になろう！3　＞それでもみんなで世界を救いますか？（はい／いいえ）」（同）
「読者と主人公と二人《かのじょ》のこれから」（同）
「陰キャになりたい陽乃森さん　Step1〜2」（同）
「三角の距離は限りないゼロ1〜5」（同）
「空の青さを知る人よ　Alternative Melodies」（同）
「日和ちゃんのお願いは絶対」（同）
「失恋探偵の調査ノート〜放課後の探偵と迷える見習い助手〜」（メディアワークス文庫）
「放送中です！にしおぎ街角ラジオ」（同）
「踊り場姫コンチェルト」（同）
「僕らが明日に踏み出す方法」（同）

本書に対するご意見、ご感想をお寄せください。

ファンレターあて先
〒102-8177　東京都千代田区富士見2-13-3
電撃文庫編集部
「岬 鷺宮先生」係
「Hiten先生」係

本書は書き下ろしです。

電撃文庫

三角《さんかく》の距離《きょり》は限《かぎ》りないゼロ5

岬《みさき》 鷺宮《さぎのみや》

2020年5月9日　初版発行

発行者　郡司 聡
発行　株式会社KADOKAWA
〒102-8177　東京都千代田区富士見2-13-3
0570-06-4008（ナビダイヤル）
装丁者　荻窪裕司（META＋MANIERA）
印刷　株式会社暁印刷
製本　株式会社暁印刷

●お問い合わせ（アスキー・メディアワークス ブランド）
https://www.kadokawa.co.jp/（「お問い合わせ」へお進みください）
※内容によっては、お答えできない場合があります。
※サポートは日本国内のみとさせていただきます。
※ Japanese text only

※定価はカバーに表示してあります。

ISBN978-4-04-913183-3　C0193　Printed in Japan

電撃文庫　https://dengekibunko.jp/

電撃文庫創刊に際して

文庫は、我が国にとどまらず、世界の書籍の流れのなかで〝小さな巨人〟としての地位を築いてきた。古今東西の名著を、廉価で手に入りやすい形で提供してきたからこそ、人は文庫を自分の師として、また青春の想い出として、語りついできたのである。

その源を、文化的にはドイツのレクラム文庫に求めるにせよ、規模の上でイギリスのペンギンブックスに求めるにせよ、いま文庫は知識人の層の多様化に従って、ますますその意義を大きくしていると言ってよい。

文庫出版の意味するものは、激動の現代のみならず将来にわたって、大きくなることはあっても、小さくなることはないだろう。

「電撃文庫」は、そのように多様化した対象に応え、歴史に耐えうる作品を収録するのはもちろん、新しい世紀を迎えるにあたって、既成の枠をこえる新鮮で強烈なアイ・オープナーたりたい。

その特異さ故に、この存在は、かつて文庫がはじめて出版世界に登場したときと、同じ戸惑いを読書人に与えるかもしれない。

しかし、〈Changing Times,Changing Publishing〉時代は変わって、出版も変わる。時を重ねるなかで、精神の糧として、心の一隅を占めるものとして、次なる文化の担い手の若者たちに確かな評価を得られると信じて、ここに「電撃文庫」を出版する。

1993年6月10日
角川歴彦

岬鷺宮、2作同時刊行！
――まるで、世界が
終わりたがってるみたい。
お願いは絶対

グラフィティの聖地《ブリストル》で、
俺は“翼をもがれた天才”と
出会う――!
池田明季哉
[illustration] みれあ
オーバーライト
――ブリストルのゴースト
Overwrite
The ghost of Bristol
第26回
電撃小説大賞
選考委員
奨励賞
グラフィティの聖地を脅かす陰謀に
巻き込まれた訳ありコンビ「落書き探偵《グラフィティ・ディテクティブ》」。
立ち向かう若者たちの
挫折と再生を描いた感動の物語!
電撃文庫

最強の聖仙、復活!!
クソッタレな世界をぶち壊す!!
少女願うに、この世界は壊すべき
桃源郷崩落
「世界の破壊」
それが人と妖魔に虐げられた少女かがりの願い。
最強の聖仙の力を宿す彩紀は
少女の願いに呼応して、千年の眠りから目を覚ます
世界にはびこる悪鬼を、悲劇を打ち砕く
痛快バトルファンタジー開幕!
小林湖底
ILLUST ろるあ
should BREAK IT
電撃文庫

豚になった俺が、
異世界で美少女と
いちゃラブ(!?)する
ファンタジー
逆井卓馬
Author: TAKUMA SAKAI
[イラスト] 遠坂あさぎ
illustrator: ASAGI TOHSAKA
純真な美少女にお世話される生活。う～ん豚でいるのも悪くないな。だがどうやら彼女は常に命を狙われる危険な宿命を負っているらしい。
よろしい、魔法もスキルもないけれど、俺がジェスを救ってやる。運命を共にする俺たちのブヒブヒな大冒険が始まる！
豚のレバーは加熱しろ
Heat the pig liver
the story of a man turned into a pig.
電撃文庫

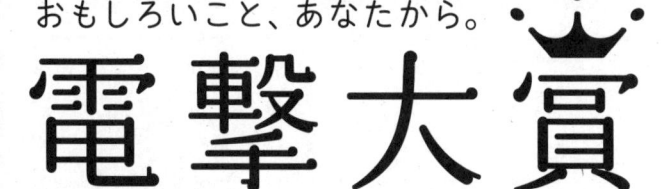